Le grand livre de

6

D1241982

 Héritage jeunesse

Catalogage avant publication de
Bibliothèque et Archives nationales
du Québec et Bibliothèque
et Archives Canada

Le grand livre de Go Girl ! n° 6
constitué des livres
« La grande rupture »,
« Soirée de filles »
et « Mon plus beau Noël »
écrits par :

McAuley, Rowan
La grande rupture
Traduction de : The Big Split

McAuley, Rowan
Soirée de filles
Traduction de : Slumber Party

McAuley, Rowan
Mon plus beau Noël
Traduction de : Best Christmas Ever

Pour les jeunes.
ISBN 978-2-7625-9648-9
I. Dixon, Sonia. Fukuoka, Aki.
II. Ménard, Valérie.
Miglionico, Florence.
III. Titre.
IV. Collection : Go Girl !

Imprimé au Canada

The Big Split
de la collection GO GIRL !
Copyright du texte
© 2006 Rowan McAuley
Maquette et illustrations
© 2006 Hardie Grant Egmont

Slumber Party
de la collection GO GIRL !
Copyright du texte
© 2006 Rowan McAuley
Maquette et illustrations
© 2006 Hardie Grant Egmont

Best Christmas Ever
de la collection GO GIRL !
Copyright du texte
© 2005 Rowan McAuley
Maquette et illustrations
© 2005 Hardie Grant Egmont
Conception et illustrations
de Sonia Dixon, Aki Fukuoka
et Ash Oswald
Le droit moral des auteurs
est ici reconnu et exprimé.

Versions françaises
© Les éditions Héritage inc. 2011

Graphisme de Nancy Jacques

Nous reconnaissons l'aide financière
du gouvernement du Canada
par l'entremise du Fonds du livre
du Canada.

Nous reconnaissons l'aide financière
du gouvernement du Québec
par l'entremise du Programme
de crédit d'impôt-SODEC.

GO GIRL!

La grande rupture

PAR

ROWAN McAULEY

Traduction de VALÉRIE MÉNARD

Révision de DIANE PATENAUDE

Illustrations de SONIA DIXON

Inspiré des illustrations de ASH OSWALD

Chapitre
❀ un

Jade est assise sur le plancher

de sa chambre, l'oreille

appuyée contre la porte.

Aucun bruit — la maison

est silencieuse. Elle soupire,

se frotte le nez et gratte

une piqûre de moustique sur sa jambe.

Son devoir est étalé sur son bureau, mais elle n'a plus vraiment la tête à le terminer.

Cinq minutes plus tôt — cinq ! — ses parents se sont assis avec elle et sa grande sœur, Maeva, pour leur annoncer qu'ils se séparaient.

Jade ne les a pas crus, même si son père lui a assuré que

c'était vrai. Son père et sa mère

ont discuté longuement.

Ils ont tenté de leur expliquer

la situation, mais Jade

ne les a pas écoutés.

Elle ne tient pas à savoir

pourquoi ils se séparent.

Présentement, elle parvient

à peine à comprendre

qu'ils *veuillent* se séparer.

Elle est si renversée qu'elle a

l'impression que son cerveau lui joue des tours.

À présent, elle est seule dans sa chambre, ignorant ce que sera la suite des choses. Elle sait que son père va quitter la maison, mais elle est trop bouleversée pour pleurer.

Jade n'a pas encore soupé, et elle n'a pas faim.

Un tas de questions
se bousculent dans sa tête,
mais elle ne se sent pas prête
à en parler avec ses parents.

Jade pense à tous ses amis
dont les parents se sont
séparés. Qu'ont-ils fait le soir
qu'ils l'ont appris ?

Les parents de William
se sont séparés avant même
qu'il commence la maternelle,
alors Jade doute que cela

le préoccupe encore

aujourd'hui. Le père d'Olivia

n'a jamais habité avec eux,

donc ça ne compte pas. Puis,

elle songe à son amie Alexia,

qu'elle a connue au camp

de tennis — son père a quitté
la maison l'année dernière.

Jade se demande si elle
devrait téléphoner à Alexia
pour savoir ce qui est censé
se passer ensuite. Elle aimerait
être bien préparée afin que
ses parents ne puissent plus
la prendre par surprise
comme ce soir...

Elle va chercher son agenda
pour trouver le numéro

d'Alexia. Soudain, elle regarde le réveille-matin à côté de son lit. Il est beaucoup trop tard pour lui téléphoner. Même sa meilleure amie, Coralie, n'a pas le droit de recevoir d'appel à une heure aussi tardive les soirs de semaine.

« C'est peut-être mieux ainsi, pense-t-elle. Je n'ai pas parlé à Alexia depuis une éternité, et je ne saurais

pas quoi dire à Coralie. »

Mais bien sûr, il y a

une personne à qui Jade peut

parler. Une personne qui

comprendrait comment Jade

se sent et qui ne poserait pas

de questions auxquelles

elle ne pourrait pas répondre.

Elle ouvre doucement

sa porte et regarde dans

le couloir. Bien — la maison est toujours silencieuse.

C'est le temps de rendre une petite visite à sa grande sœur.

Maeva saura quoi faire.

Chapitre
deux

Jade souhaite parler à Maeva,
mais pour une raison
qu'elle ignore, elle ne veut pas
que ses parents le sachent.
Elle désire que ça reste
un secret.

Le plus subtilement possible, elle s'avance vers la chambre de Maeva sur la pointe des pieds et frappe à la porte.

— Maeva, chuchote-t-elle. C'est moi.

Sans attendre la réponse, elle ouvre la porte et se glisse à l'intérieur. Jade s'imagine trouver Maeva dans son lit à essayer de dormir, ou bien

assise à se ronger les ongles,

tout comme elle-même

le faisait.

À sa grande surprise,

cependant, Maeva ne fait

ni l'un ni l'autre. Maeva

prépare une valise.

— Maeva ! Qu'est-ce que

tu fais ?

— Je m'en vais avec papa,

répond Maeva, en enlevant

son tiroir de sous-vêtements

de la garde-robe et en vidant
tout son contenu dans la valise.

Elle lance le tiroir vide
à côté de son lit, puis arrache
le second tiroir. Celui-ci
contient ses tee-shirts
et ses shorts. Elle les dépose
par-dessus les sous-vêtements
et les chaussettes déjà
entassés dans sa valise.

— Tu t'en vas avec papa ?
réplique Jade, abasourdie.

Comment cela se fait-il ?

Et pourquoi te l'a-t-il demandé

à toi ? Et moi ? Personne

ne m'a demandé mon avis.

— Personne ne me l'a

demandé non plus, répond

Maeva. J'ai pris cette décision.

— Et papa a accepté ?
Et maman aussi ?

— Je ne *leur* ai pas demandé,
lance Maeva, en enfouissant
ses jeans et ses jupes dans
la valise. J'y vais, c'est tout.
Papa ne peut pas refuser,
n'est-ce pas ?

Jade garde le silence.

Elle ne veut pas que Maeva
s'en aille.

— Tu pourrais venir avec nous, j'imagine, poursuit Maeva.

Jade y réfléchit pendant un moment, puis elle secoue la tête.

— Non. Ça ne serait pas juste pour maman. Elle resterait seule et ce n'est pas raisonnable.

— Raisonnable ? proteste Maeva. Juste ? Comme si ce qui arrivait était juste !

Les deux fillettes sursautent

lorsqu'on frappe à la porte.

— Les filles ?

La porte s'ouvre. C'est

leur père. Il semble fatigué

et triste. Il traîne sa valise

avec lui et tient les clés

de la voiture dans sa main.

— C'est l'heure de vous

souhaiter bonne nuit. Maeva !

Qu'est-ce que c'est ?

— Je viens avec toi, annonce

Maeva, en essayant

de refermer le couvercle

de sa valise par-dessus sa pile

de vêtements.

— Oh, Maeva, dit son père.

Tu ne peux pas venir avec moi,

mais je te promets que...

— Oublie ça, l'interrompt

Maeva en se retournant.

Sous la colère,

elle commence à sortir

les vêtements de sa valise et
à les lancer dans la chambre.

— Mais, ma chérie...

— J'ai dit, oublie ça ! Va-t'en !
Ne t'inquiète pas pour nous.
Nous nous débrouillerons,
n'est-ce pas Jade ?

Jade les regarde tous
les deux.

Son père a l'air triste. Elle
ne l'a encore jamais vu aussi
malheureux. Maeva semble

également triste, mais surtout

fâchée. Elle a les bras croisés,

le visage rouge écarlate et

elle tourne le dos à leur père.

— Jade ? souffle son père.

Il tend les bras vers elle,

puis Jade l'enlace du plus fort

qu'elle le peut.

Il y a tant de choses qu'elle souhaiterait lui dire, mais elle ne sait pas comment. Elle espère que son père comprendra comment elle se sent par la façon dont elle l'a serré dans ses bras.

— Ça c'est ma belle fille, chuchote-t-il, exactement comme il le faisait lorsqu'elle était plus jeune. Maeva ?

Maeva finit par abandonner.

Elle est peut-être fâchée, mais

elle ne peut pas l'ignorer.

Ils se serrent dans leurs bras.

Tout à coup, leur père dit :

— Je dois y aller, mais je vous

téléphonerai demain et nous

organiserons quelque chose

pour le week-end. Soyez

gentilles avec votre mère.

Puis, il s'en va.

Chapitre
trois

Le lendemain matin, tandis

que Jade s'habille pour aller

à l'école, Maeva se glisse

dans sa chambre. Elle est

encore en pyjama et

l'expression dans ses yeux n'est pas étrangère à Jade.

— Hé, Jade, dit-elle d'une voix étouffée. Nous devrions avoir congé aujourd'hui, ne crois-tu pas ?

— Congé de quoi ? demande Jade.

— De l'école, *nounoune*. Tu ne crois pas que nous méritons une journée de congé ?

Jade aimerait bien avoir congé.

— As-tu demandé à maman ?

— Quoi ? Bien sûr que non. Je lui ai demandé si elle allait travailler, et elle m'a répondu oui. Alors ça veut dire qu'elle s'attend à ce que nous allions à l'école, n'est-ce pas ? Tu sais comment elle est.

C'est vrai. Leur mère leur répète sans cesse à quel

point il est important d'aller à l'école. Elle les a *toujours* forcées à aller à l'école, même lorsque Jade a pris un si gros coup de soleil qu'elle n'arrivait même plus à s'asseoir.

— Bien, si nous ne lui demandons pas, quel est ton plan ? questionne Jade.

— On fait l'école buissonnière.

— Quoi ?

— Jade ! Maeva ! Êtes-vous
prêtes à prendre votre
déjeuner ? crie leur mère
de la cuisine.

— Presque ! réplique Maeva
d'une voix enjouée.

   Puis, elle chuchote à Jade :
— Nous en reparlerons plus
tard. Mais assure-toi
seulement de manger
suffisamment au déjeuner.

❀

Jade n'a jamais fait l'école

buissonnière de sa vie.

Elle doit cependant admettre

qu'elle n'a aucune envie

d'aller à l'école.

Elle a passé la soirée

étendue dans son lit à se

demander ce qu'elle allait dire

à sa meilleure amie, Coralie.

Comment lui expliquer

que ses parents se séparent ?

Les parents de Coralie sont encore ensemble. Chaque fois que Jade va jouer chez Coralie pendant le week-end, ils rient et font des blagues. En plus d'être parents, ils semblent être les meilleurs amis du monde, comme Jade et Coralie.

Jade les trouve parfaits. Ils ressemblent à ces familles que l'on voit à la télévision.

« Non, tranche-t-elle. Coralie ne comprendra pas. Et si Coralie ne comprend pas, qui d'autre comprendra ? »

Jade prend sa décision.

Elle va voir Maeva, qui s'habille enfin, et lui chuchote :

— D'accord. J'embarque — faisons l'école buissonnière !

✳

La mère de Jade est vétérinaire, et sa clinique est située sur la rue principale. Chaque matin, elle se rend au travail en voiture.

Jade et Maeva débarquent devant la boulangerie et marchent jusqu'à l'arrêt d'autobus au coin de la rue.

Ce matin, Maeva attend devant la boulangerie jusqu'à ce que sa mère ait disparu.

Puis, elle dit à Jade :

— Bon, j'ai tout prévu. Tout d'abord, combien d'argent as-tu sur toi ? J'ai juste 3,00 $.

Jade cherche son portefeuille dans son sac.

— J'ai 6,50 $.

— C'est beaucoup ! Parfait, alors voici le plan du jour. Nous allons à la boulangerie pour acheter notre dîner. Ensuite, nous faisons ce que nous voulons jusqu'à ce que

l'école finisse, puis nous allons

rejoindre maman à la clinique.

— Mais qu'allons-nous faire ?

s'informe Jade.

— Je ne sais pas. Cependant,

nous devons aller à un endroit

où les gens ne nous

reconnaîtront pas. Sinon,

ils téléphoneront à l'école

ou à maman.

— Hé, nous pourrions traverser le parc discrètement et faire une randonnée dans la forêt, propose Jade.

— Oui ! C'est parfait. Et nous devrions nous rendre au gros rocher près de la rivière et y rester jusqu'à ce qu'il soit l'heure de rentrer.

Jade n'arrive pas à croire qu'elles soient en train de mettre leur plan à exécution.

Comment fait-on l'école buissonnière ?

Elle commence même

à ressentir de l'excitation.

Peuvent-elles réellement

passer toute une journée

sans aller à l'école ? Ce sera

certainement la chose la plus

vilaine qu'elles n'auront jamais faite...

— Viens, dit Maeva, en entrant dans la boulangerie. Je veux une danoise pour ce midi. Peut-être même deux !

Jade suit sa sœur.

Chapitre quatre

Dans la boulangerie, Jade
attend nerveusement à côté
de la porte. D'autres clients
font déjà la file et elle ne veut
pas que l'un d'eux la remarque.

Elle soulève le capuchon
de sa veste sur sa tête.

Une femme d'affaires
commande un gâteau
d'anniversaire, un facteur
achète un saucisson et
une employée de la papeterie
attend son pain.

Jade ne tient pas en place.
Et si un parent de l'école entrait
et les voyait ? Ou pire, si c'était
un professeur ? Ou bien pire

encore, qu'adviendrait-il si leur mère entrait pour acheter son dîner avant de commencer sa journée de travail ?

Ce n'est peut-être pas une bonne idée, au bout du compte.

J'espère que personne ne me reconnaîtra !

Jade aurait eu

de la difficulté à expliquer

la situation de ses parents

à ses camarades de classe,

mais ce serait certainement

moins angoissant que

la sensation de culpabilité

qui est en train de l'envahir.

Maeva ne semble toutefois

pas s'en préoccuper.

Elle a l'air heureuse et excitée.

— Regarde ! lance-t-elle à Jade.
Nous avons assez d'argent
pour nous acheter chacune
un croissant au fromage et au
bacon, ainsi qu'une danoise.
Et s'il nous reste de la monnaie,
nous pourrons aller nous
chercher de la crème glacée.

— Maeva, nous devrions
peut-être...

— Pas question ! l'interrompt
Maeva. Je ne veux pas

entendre ce que tu as à dire. J'y vais. Tu peux toujours prendre l'autobus pour l'école si tu veux, mais moi, mon idée est faite.

Que devrait faire Jade ?

C'est difficile de s'obstiner avec Maeva. Mais si Jade se rend seule à l'école, quelqu'un finira par lui demander où se trouve Maeva. Et que répondra-t-elle à ce moment-là ?

— D'accord, dit-elle sur un ton
hésitant. Allons-y.

— Excellent, lance Maeva.

❁

Elles enfouissent leurs
lunchs dans leurs sacs à dos
et commencent à marcher
en direction du parc. Jade
regarde sans cesse par-dessus
son épaule.

— Essaie de paraître naturelle !
siffle Maeva. Personne ne nous

remarquera, du moment
que tu arrêtes d'agir de façon
suspecte !

Jade fait du mieux qu'elle
peut. Mais à chacun de
ses pas, elle a l'impression
que quelqu'un va lui mettre
une main sur l'épaule et dire :
— Jeunes filles, qu'est-ce que
vous faites ?

Mais personne ne
les intercepte.

Elles traversent le parc
et s'engagent sur le sentier,
au milieu des buissons.
Jade regarde une dernière fois
pour s'assurer que personne
ne les a aperçues avant de
disparaître parmi les arbres.

Ça va bien jusqu'à présent !

— Nous avons réussi !

se réjouit-elle.

— Je te l'avais dit, répond

Maeva. Allez, viens — je veux

aller au gros rocher.

Elles descendent le sentier

d'un pas précipité. Ça lui fait

drôle de marcher avec

ses souliers d'école et son sac

à dos. Habituellement,

les filles font cette randonnée

le week-end avec leur père.

Jade ne sait quoi penser
en ce moment.

Le gros rocher est plutôt
abandonné et tranquille
aujourd'hui. Pendant
le week-end, elles rencontrent
souvent d'autres randonneurs
ou des kayakistes sur le bord
de la rivière.

Aujourd'hui, le sentier est
totalement désert. Il n'y a que

Jade, Maeva, les arbres

et quelques mouches.

— Génial ! s'exclame Maeva,

en s'assoyant et en enlevant

ses souliers et ses chaussettes.

Elle remue les orteils sous

le soleil.

Jade entend du bruit derrière

elle et se retourne en vitesse

pour voir qui est là.

Ce n'est qu'un écureuil

qui trottine dans les feuilles.

— Relaxe, dit Maeva.

Personne ne nous trouvera ici.

— Tu as raison, soupire Jade

en s'assoyant aussi.

J'imagine que je pourrais faire

mon devoir de maths.

Je n'ai pas pu le faire, hier soir,

avec tout... enfin, tu sais.

Maeva éclate de rire.

— Il n'y a rien à faire avec toi !

Tu ne sais même pas

comment faire l'école

buissonnière comme il le faut !

Tu ne dois pas faire ton devoir !

Mais Jade l'ignore. Ça lui

fait du bien d'avoir quelque

chose à faire. Ça lui évite

de penser à ses parents.

Chapitre cinq

Passer une journée entière

dans la forêt, seule avec

Maeva, est encore plus

difficile que Jade avait pu se

l'imaginer. Pour commencer,

elles doivent rester cachées,

alors quand elles constatent
qu'elles n'ont pas apporté
d'eau, elles ne peuvent
assouvir leur soif.

Puis, Jade a soudainement
envie d'aller à la toilette.

— Je pourrais aller
discrètement au parc, dit Jade.
Je sais qu'il y a des toilettes
près des balançoires.

— Non, répond Maeva. Nous
ne pouvons prendre le risque

de nous faire voir.

Nous devons attendre

que l'école finisse.

Mais, puisque aucune

des deux n'a de montre,

elles ne savent pas combien

de temps il leur reste. Les

heures passent très lentement.

Elles ont déjà mangé

leur croissant au fromage

et au bacon ainsi que leur

danoise — en plus du lunch

que leur mère leur a préparé ce matin. Le ventre de Jade gargouille très fort.

— Peux-tu rester tranquille ? râle Maeva.

— Ce n'est pas de ma faute !

— Pouah, c'est plate.

Après avoir fait son devoir, Jade propose un concours pour savoir laquelle sera capable de lancer un bâton jusque dans la rivière.

Elles jouent si longtemps, qu'à la fin, il ne reste plus aucun bâton autour du gros rocher.

Lorsque leur petit jeu est terminé, elles n'ont 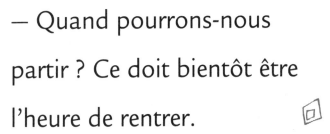 *vraiment* plus rien à faire.

— Quand pourrons-nous partir ? Ce doit bientôt être l'heure de rentrer.

— Je crois que nous devrions attendre encore un peu, dit Maeva. C'est mieux d'être

un peu en retard que trop

d'avance.

— Mais je suis fatiguée !

J'ai faim ! J'ai soif !

— Oh, tu es tellement *bébé*

lala !

— Ce n'est pas vrai !

— Parfait. En tout cas.

Allons-y, lance Maeva

en enfilant ses souliers.

Si nous nous faisons prendre,

au moins, je n'aurai plus

à t'entendre pleurnicher !

Jade se mord la lèvre.

Ça ne sert à rien de discuter

avec Maeva lorsqu'elle est

en colère. À vrai dire,

elle commence à en avoir

assez de Maeva.

Elles dévalent le sentier

d'un pas lourd jusqu'au parc.

Bien sûr, il y a beaucoup de

côtes sur le chemin du retour

et le soleil est plus chaud que ce matin. En entrant dans les toilettes publiques, elles sont encore plus assoiffées et grincheuses que jamais.

Jade se précipite vers la dernière cabine et verrouille la porte derrière elle dans un soupir de soulagement. Après s'être lavé les mains au lavabo, elle reste une éternité devant la fontaine

avec Maeva. Les deux fillettes
boivent de l'eau fraîche
à tour de rôle. Puis,
elles recommencent à marcher
en direction de la rue principale.

— Crois-tu que l'école
est finie ? demande Jade.
C'est plutôt tranquille par ici.

— Ouais, je sais, répond
Maeva, sur un ton plus amical
depuis qu'elle a assouvi

sa soif. Nous devrions peut-

être nous cacher jusqu'à...

— VOUS DEUX ! Maeva !

Jade !

Jade s'arrête de marcher net

au centre du sentier.

« Oups », pense-t-elle.

Elle sait exactement à qui

appartient cette voix,

mais elle ne tient *absolument*

pas à se retourner pour voir.

— Je vous parle !

Ne faites pas semblant

de ne pas m'entendre !

Jade se retourne

à contrecœur.

Juste là, leur mère se dirige

vers elles en les regardant

d'un air menaçant. Elle a l'air

furieuse. En fait, Jade ne
l'a pas vue aussi fâchée depuis
la fois où elle et Maeva
avaient décidé de fabriquer
des glissades d'eau intérieures
sur le plancher de la cuisine
avec une bouteille de bulles
de savon aux fraises
et deux litres de lait.
— Mmm... Bonjour,
dit timidement Jade.

— Bonjour ? crie sa mère.

Bonjour ? C'est tout ce que

tu as à dire ? Sais-tu à

quel point j'étais inquiète ?

L'école m'a téléphoné

pour me demander où

vous étiez. J'ai répondu

que je ne le savais pas,

puisque je pensais

que vous étiez à l'école.

Que s'est-il passé ? Où étiez-

vous ? Qu'avez-vous fait ?

Jade a l'habitude de voir

sa mère en colère, mais

cette fois-ci, c'est différent.

Cette fois-ci, elle a également

l'air bouleversée. Jade

se sentait un peu coupable

de faire l'école buissonnière,

mais en constatant

à quel point sa mère est

inquiète et triste, elle ressent

soudainement de la honte.

— Je suis désolée, maman,

murmure-t-elle, en regardant

ses pieds.

Elle s'attend à ce que

sa mère crie davantage,

mais elle l'entend plutôt

renifler. Elle lève la tête

et voit sa mère essuyer

une larme.

— J'étais si inquiète, dit-elle

sur un ton plus doux.

La situation à la maison

est si embrouillée. Et là,

j'ai cru que je vous avais aussi

perdues, toutes les deux...

— Je suis désolée, répète Jade.

Elle souhaiterait ne jamais

avoir fait l'école buissonnière.

Ce n'était même pas amusant et ça n'en valait vraiment pas la peine.

— Alors, où étiez-vous ? demande sa mère.

— Nous étions dans la forêt, répond Maeva. Nous ne voulions pas aller à l'école. Nous avons décidé de prendre une journée de congé.

— Pourquoi ne me l'avez-vous pas dit ? réplique leur mère.

Nous aurions pu prendre une journée ensemble si vous me l'aviez demandé.

— Nous ne voulions pas te déranger, déclare Jade.

— Nous étions certaines que tu refuserais, ajoute Maeva.

— Mmm, bien, dit leur mère. Ce qui est fait est fait. Je suis seulement rassurée qu'il ne vous soit rien arrivé.

Puis, elle leur donne chacune un gros câlin réconfortant.

— Bon, maintenant, poursuit-elle, rentrons à la clinique. J'ai le curieux pressentiment que vous allez passer l'après-midi à nettoyer les cages des chiens et les litières des chats.

— Quoi ? ! proteste Maeva. Pas ça ! Oh, maman !

Jade lui écrase le pied.

— Chut ! siffle-t-elle.

Fais ce qu'elle dit. Nous aurons

de la chance si c'est la seule

punition qu'elle nous donne.

   Elles rentrent donc

à la clinique vétérinaire

avec leur mère.

Chapitre six

Le soir venu, leur père

téléphone à la maison.

Leur mère lui parle en premier.

Jade l'entend lui raconter

leur bêtise. C'est long. Elle

ne lui épargne aucun détail.

Elle finit par passer

le téléphone à Jade.

— Alors, dit son père. Tu as

fait des bêtises avec ta sœur.

— Ouais, reconnaît Jade.

— Qu'est-ce qui vous a pris,

Jade. Ta pauvre mère. C'est

difficile pour elle, et Maeva et

toi devez être gentilles avec elle.

— Gentilles avec elle ? s'emporte

Jade. Qui est gentil avec nous ?

Nous n'avons pas fait exprès

pour être méchantes avec

maman. Nous ne voulions tout

simplement pas aller à l'école.

Son père pousse un soupir.

— Je sais que c'est également

difficile pour vous deux.

Personne ne s'amuse

présentement. Mais la situation va s'améliorer. Je te le promets, Jade.

« Ouais, tu parles, pense Jade. Mais quand ? »

Jade s'assoit dans le couloir pendant que Maeva parle au téléphone avec leur père. Elle devine facilement ce que son père dit simplement par ce que Maeva lui répond.

— Comme si nous avions commis un crime ! s'énerve Maeva. Tout d'abord, maman crie après nous devant pratiquement toute la ville. *Puis*, nous avons dû passer presque deux heures à ramasser des crottes de chien à la clinique. *En plus*, certains chiens avaient la diarrhée ! *Et finalement*, maman nous dit qu'elle a téléphoné

à l'école et que tout le monde

s'est entendu pour que Jade

et moi ayons des retenues

du midi pour le reste

de la semaine !

Maeva se tait.

Jade passe la tête par

l'embrasure de la porte juste

à temps pour voir Maeva

rouler des yeux pendant

que leur père lui parle. Il doit

la réprimander sévèrement.

— C'est facile à dire pour toi, papa, mais ça ne nous aidera pas à aller mieux, Jade et moi. Ne crois-tu pas ?

Maeva se tait à nouveau et écoute. Puis, elle répond sur un ton tempéré :

— Je sais. Tu me manques aussi. Je t'aime. Bye.

— Et puis ? s'informe Jade au moment où sa sœur raccroche le combiné.

— Il dit qu'on mérite d'aller
en retenue. Mais il souhaite
nous emmener au cinéma
vendredi soir.

— Alors c'est tout. Nous
devons aller à l'école demain.

— Oui, ronchonne Maeva.

Jade laisse échapper un soupir

Le lendemain, Jade
est réveillée par le bruit
d'une dispute.

« Est-ce que papa est à la maison ? » se demande-t-elle. Ce n'est pas son père qu'elle entend, mais plutôt Maeva.

— Je ne me sens vraiment pas bien, maman.
J'ai mal au ventre.

— Ça suffit, Maeva. Tu vas aller à l'école.

Elle entend ensuite Maeva bougonner, marcher dans le couloir d'un pas lourd,

puis claquer la porte
de sa chambre.

Quelques minutes plus
tard, la mère de Jade entre
dans sa chambre et s'assoit
au pied de son lit.

— Et toi ? demande-t-elle.
Essaieras-tu aussi de me faire
croire que tu es trop malade
pour aller à l'école ?

— Non.

— Et tu ne feras pas l'école buissonnière non plus ?

— Non !

Jade a l'impression qu'elle et Maeva se feront souvent rappeler ce qui s'est passé hier.

— Parfait, dans ce cas. Lève-toi et prends ton déjeuner. Je ne veux pas que vous soyez en retard aujourd'hui.

Elle ne peut pas fuir plus longtemps. Jade doit aller à l'école. Et cela signifie qu'elle devra parler aux autres. Et parler aux autres signifie qu'elle devra reconnaître que son père est bel et bien parti. Ses parents se séparent pour vrai.

Jade ne se réjouit pas à cette idée.

✿

Chapitre
sept

Une fois à l'école, Jade

et Maeva vont, comme

d'habitude, chacune de leur

côté lorsqu'elles arrivent dans

la cour de récréation. Bien que

Maeva soit de deux ans l'aînée

de Jade, leurs dates

d'anniversaire font en sorte

qu'elle n'a qu'une année

d'avance sur sa sœur cadette.

Jade est dans la classe

de monsieur Bédard, alors

que Maeva est dans celle

de madame Plante.

Les enfants sont unanimes

— madame Plante fait peur.

Elle est calme et sérieuse,

et ses cours sont vraiment

endormants. Elle ne rit jamais et ne fait pas de blagues, et Maeva dit qu'elle l'a rarement vue sourire.

Jade plaint sa sœur d'être dans cette classe.

Les élèves de la classe de madame Plante se tiennent normalement sur les terrains de tennis. Maeva se dirige donc dans cette direction. Jade se retourne et aperçoit

ses amies jouer au handball

près des arbres.

« Ouf », pense-t-elle. Si tout

le monde est occupé à jouer,

elle pourra s'intégrer au jeu

subtilement et espérer

que per-son-ne ne lui parle.

Elle repère Coralie qui est
en possession du ballon
et qui s'apprête à le lancer.
Puis, Coralie lève la tête
et voit Jade s'approcher.

Jade s'attend à ce qu'elle
lui envoie la main et poursuive
le jeu. Mais Coralie lance
plutôt le ballon à Aurélie.
— Tu es le roi ! dit Coralie à
Aurélie, qui était préalablement
la reine. Je dois parler à Jade.

Coralie se précipite vers Jade. Jade entend les autres filles crier à Aurélie :

— Service ! Service !

Coralie ne leur porte pas attention.

— Où étais-tu hier ? l'interroge-t-elle. Étais-tu malade ? Tu ne m'as pas téléphoné !

Jade n'avait pas pensé que Coralie puisse s'être

ennuyée d'elle. Elle était
si convaincue que Coralie
ne comprendrait pas
la situation avec ses parents
qu'elle a oublié que son amie
se souciait réellement d'*elle*.

Jade s'en veut d'avoir oublié
à quel point Coralie est
une bonne amie. Bien sûr
qu'elle peut dire à Coralie
que son père s'en va
— elle peut tout lui dire !

— Bien, tu ne devineras jamais ce qui arrive, commence Jade.

Puis, elle raconte tout en détail à Coralie : la chicane entre son père et sa mère, l'école buissonnière dans la forêt et tous les ennuis qui s'en sont suivis.

Coralie ne dit rien. Elle écoute Jade parler, écarquillant les yeux d'étonnement au fur

et à mesure que se poursuit

le récit.

— Waouh, dit-elle lorsque Jade

termine. Jade, il y a vraiment

de quoi en faire un drame.

— Je sais.

— Pas étonnant que tu aies fait l'école buissonnière hier. Alors, veux-tu que ça reste entre nous, ou vas-tu le dire aux autres ?

Jade sourit.

Coralie comprend parfaitement. Sachant que Coralie la comprend, ça n'importe soudainement plus à Jade que d'autres soient au courant.

Elle hausse les épaules.

— Je suppose, si on m'en

parle...

— Hé les filles, crie Lydia

en courant vers elles.

Parler de quoi ?

— Oh, lance Coralie.

Tu nous as entendues...

Elle lance un regard discret

vers Jade pour savoir

ce qu'elle doit faire. Jade

hausse simplement les épaules

à nouveau. Ça ne la dérange

plus à présent.

— Bien, poursuit Coralie.

Les parents de Jade se séparent.

— C'est pas vrai !

— Quoi ? Quoi ? ajoute

Audrey, la sœur jumelle

de Lydia, qui s'approche

d'elles après avoir entendu

leur conversation.

Lydia répand la nouvelle.

Ainsi, la classe entière de Jade

est mise au courant en moins de cinq minutes.

C'est exactement ce que Jade redoutait — que tout le monde parle d'elle, que tout le monde sache à propos de sa situation familiale. Elle a cru qu'elle aurait détesté cela, mais ce n'est pas aussi pire qu'elle se l'était imaginé.

C'est même mieux qu'elle se l'était imaginé, en fait.

Ça fait du bien de ne pas
être obligée de garder
un secret. C'est également
rassurant de savoir que
personne ne juge Jade à cause
de ses parents. Peu importe
ce que font ses parents,
elle reste la même Jade.
Personne ne peut changer
cela.

Chapitre
* huit *

Dans la voiture, pendant

le trajet du retour vers

la maison, Jade s'assoit

sur le siège avant, à côté

de sa mère.

— Comment s'est passée

ta journée à l'école ? demande

sa mère.

— Bien.

— Juste bien ?

— En fait, j'aurais répondu

qu'elle s'est très bien passée,

mais j'ai eu une retenue

sur l'heure du midi.

Tu ne te souviens pas ?

— Je m'en souviens.

Et comment ça s'est passé ?

Jade soupire.

— Ennuyant. Nous avons

dû nous asseoir dans la classe

de madame Samson et

travailler en silence. Et j'avais

beaucoup de travail, parce

que monsieur Bédard

m'a donné tous les exercices

qu'ils ont faits en classe hier.

— Et toi, Maeva ? l'interroge

sa mère, en tournant

légèrement la tête vers

la banquette arrière.

Maeva marmonne.

Elle est de mauvaise humeur.

— Maeva ? dit sa mère.

Comment s'est passée

ta journée ?

Maeva garde le silence,

mais Jade entend

un reniflement en provenance

de la banquette arrière.

Jade se retourne et constate

que Maeva est en train

de pleurer !

— Maeva ! souffle Jade.

Qu'est-ce qui ne va pas ?

Madame Plante a été

méchante avec toi ?

Maeva secoue la tête

et regarde par la fenêtre.

Le reste du trajet se fait

en silence, puis leur mère gare

la voiture dans l'allée

de la maison. Elle éteint

le moteur de la voiture,

détache sa ceinture et

se retourne de manière à bien

voir Maeva.

— Que s'est-il passé,

mon bébé ?

Maeva se met en colère.

— Qu'est-ce que tu penses ?

crie-t-elle. Pourquoi crois-tu

que je suis fâchée ?

— C'est bien madame Plante,

n'est-ce pas ? ajoute Jade.

— Non ! rétorque Maeva.

Ça n'a rien à voir avec l'école !

Comme si je me souciais

de madame Plante !

— Bien, qu'est-ce que c'est

alors, ma chérie ? dit leur mère

d'une voix calme
et réconfortante.

— Toi ! répond Maeva. Toi et
papa ! Je ne veux pas que vous
vous sépariez ! Vous ne pouvez
pas revenir ensemble ?

Leur mère jette un soupir.

— Je suis désolée, Maeva.
C'est très compliqué...

— Pourquoi ? Qu'est-ce qui
est compliqué ? Quand Jade et
moi nous disputons, tu nous

dis toujours que nous sommes sœurs et que nous devons nous endurer. Tu dis que nous devons faire des efforts et être amies. Pourquoi serait-ce différent entre papa et toi ?

Jade trouve que Maeva a un très bon point. Elle est curieuse d'entendre la réponse de sa mère.

— Je crois que nous devrions entrer dans la maison et avoir

une bonne discussion,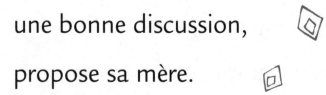
propose sa mère.

À l'intérieur, Jade et Maeva
s'assoient à la table
de la cuisine pendant que
leur mère prépare trois verres
de boisson gazeuse.
Elle apporte également
la boîte complète de biscuits,
une collation qui leur est
interdite en temps normal.

— D'accord, dit-elle en s'assoyant. Nous devons discuter.

Le téléphone sonne au même moment.

— Grrr, lance-t-elle en se levant. Attendez... Allô ? Oh,

Pourquoi ne peuvent-ils pas revenir ensemble ?

c'est toi. Je crois que tu devrais venir à la maison. Les filles ont besoin de te parler. D'accord. À tout de suite.

Elle raccroche le téléphone et regarde Jade et Maeva.

— C'était votre père. Il sera ici dans environ vingt minutes. Nous pourrons discuter tous ensemble. Allez vous changer de vêtements. Nous nous ferons livrer notre souper.

— Waouh, Maeva, chuchote Jade tandis qu'elles se dirigent dans leurs chambres. Comment as-tu fait pour que tout cela arrive ?

— Je ne sais pas, mais essayons de bien nous comporter. Si nous sommes gentilles, papa restera peut-être avec nous.

❋

Chapitre

neuf

À son arrivée, leur père sonne

à la porte plutôt que de l'ouvrir

avec sa clé, comme il a

l'habitude de le faire. Jade croit

que ça augure mal. Malgré

tout, elle et Maeva accourent pour l'accueillir.

— Maman a dit que nous mangerons du thaï, lance Maeva. Tu devras nous aider à faire notre choix !

Jade remarque que son père a l'air mal à l'aise. Il ne semble pas savoir quoi faire ni où s'asseoir.

« C'est insensé ! pense Jade. C'est sa maison à lui aussi ! »

C'est insensé !

Enfin, pas tout à fait. Plus

maintenant. Elle doit essayer

de se souvenir de cela.

Elle aimerait tant être

comme Maeva — sûre que

leur père changera d'idée

et qu'il restera avec elles. Mais elle ne peut ignorer le fait que sa mère et son père sont mal à l'aise lorsqu'ils se regardent.

— Bien, dit sa mère, comme si elle tentait de faire un effort pour paraître enthousiaste. Pourquoi ne vous occuperiez-vous pas tous les trois de commander le repas ? Nous pourrions alors discuter en attendant qu'il soit livré.

Maeva et son père s'obstinent à propos du menu.

— Je veux un *pad thaï* et un *mee krob*, dit Maeva.

— Mais ce sont deux plats composés de nouilles, rétorque son père. Nous ne pouvons pas commander deux plats de nouilles.

— Pourquoi pas ? J'adore les nouilles !

— Tu en prends un,

et nous laisserons Jade choisir

quelque chose. Jade ?

Mais Jade ne souhaite pas

choisir. Elle est trop occupée

à les regarder et à les écouter,

en tentant de comprendre

ce qui unit sa famille.

Mais forment-ils encore

une famille même s'ils ne

vivent plus tous sous le même

toit ?

Son père remarque le regard

de tristesse sur son visage

et dit :

— Très bien, dépêchons-nous

à commander. Nous pourrons

ensuite avoir cette discussion.

Une fois que son père

a terminé son appel pour

---

commander le repas,

ils s'assoient tous à la table.

— Alors, par où commencer ?

demande sa mère.

— Pourquoi, dit Maeva,

ne nous expliqueriez-vous pas,

à Jade et à moi, la raison

pour laquelle papa et toi ne

pouvez pas rester ensemble ?

   Jade aperçoit sa mère

et son père se lancer

des regards.

— C'est compliqué, commence

son père avant que Maeva

l'interrompe.

— C'est exactement ce que

maman a dit ! Mais pourquoi ?

Qu'y a-t-il de si difficile à être

gentil l'un envers l'autre ?

Leur mère pousse un soupir.

Elle soupire beaucoup

ces derniers temps,

maintenant que Jade y pense.

— Papa et moi avons essayé, précise-t-elle. Pour vrai. Nous aimerions que ça fonctionne, nous aussi, mais notre relation est tendue et insatisfaisante depuis si longtemps.

Leur père hoche la tête et poursuit :

— Vous souvenez-vous de toutes les fois que vous avez soupé chez tante Anne ?

Maman et moi essayions
de régler nos différends avec
un thérapeute matrimonial
afin que la situation s'améliore.
Mais au bout du compte,
nous avions besoin de prendre
du temps chacun de notre côté.

Jade est déconcertée, puis
elle réalise soudain pourquoi.
— Mais vous avez réussi !
lance-t-elle. Vous ne semblez
pas fâchés l'un contre l'autre

en ce moment. De plus,
je vous ai entendu parler
au téléphone, et vous ne
vous disputiez pas du tout.
Ça a peut-être fonctionné.
Peut-être que tout ira bien
à présent !

Son père sourit tristement.
— C'est tout là le problème,
Jade. Ta mère et moi nous
entendons mieux lorsque nous
ne sommes pas ensemble.

Plus nous nous voyons,

et plus nous nous disputons

et nous crions après.

Nous ne voulons pas que

vous viviez dans une maison

où on se chicane sans arrêt.

— Nous tenons à vous

démontrer que vos parents

peuvent être amis, ajoute-t-il.

Même si nous habitons

dans des maisons séparées.

— Est-ce que vous comprenez ?
demande leur mère.

C'est un peu déroutant.

Dans sa tête, Jade trouve
que ça a du sens, mais dans
son cœur, elle souhaiterait
qu'ils restent ensemble.

— Je ne sais pas, répond
doucement Jade. Je crois
comprendre ce que vous
voulez dire...

— Et Maeva ? dit leur mère.

Qu'en penses-tu ?

Jade se tourne vers sa sœur.

Que va penser Maeva de tout

ça ?

Chapitre

dix

— Vous voulez savoir ce que
j'en pense ? demande Maeva.
Vous voulez vraiment savoir ?

Ses parents hochent la tête.
— Oui, Maeva. Nous voulons
que tu nous dises comment
tu te sens.

— D'accord, dans ce cas, répond Maeva. Je crois que ce n'est qu'un tas de mensonges !

— Maeva ! souffle son père.

Jade regarde sa sœur, étonnée. Elle est surprise que Maeva soit si franche, mais elle en est fière. Ça fait du bien d'entendre Maeva dire ce que Jade pensait réellement.

— C'est vrai, poursuit Maeva. Je n'en ai rien à faire de ce

que toi et maman dites. J'en ai
discuté avec mes amis à l'école,
et nous en sommes venus
à nos propres conclusions.

— Alors, que va-t-il se passer ?
demande sa mère. Je veux dire,
qu'est-ce que tes amis de
l'école croient qui va se passer ?

Maeva regarde ses parents
d'un air sévère et croise
les bras.

— Bien, commence-t-elle. Premièrement, papa et toi ne resterez pas amis. Vous dites cela juste pour nous faire sentir mieux Jade et moi. Mais c'est faux.

Deuxièmement, papa va se trouver un nouvel emploi, probablement aux États-Unis. Puis, nous ne le reverrons plus jamais.

Ensuite, après que papa se sera installé aux États-Unis, nous devrons vendre la maison et déménager dans un endroit horrible où nous ne connaîtrons personne en plus de fréquenter une nouvelle école.

Maeva prend une grande inspiration, mais elle n'a pas encore terminé.

— Et après tout ça, maman, tu te feras un nouveau copain.

Et tu te remarieras, tu auras un autre bébé et tu fonderas ta propre petite famille.

Tu nous mettras à part, Jade et moi, et tout le monde oubliera notre existence.

Jade sent qu'elle va s'évanouir.

— Est-ce que c'est vrai ? demande-t-elle. Est-ce que ça se déroulera de cette façon ?

— Oui, affirme Maeva.

— NON ! disent en chœur
leur père et leur mère. Bien sûr
que non !

— Jamais de la vie ! ajoute leur
père. Évidemment que votre
mère et moi désirons rester
des amis. Nous étions amis
bien longtemps avant de nous
marier. Et je ne changerai pas
d'emploi. Même si c'était
le cas, je n'irai pas aux États-
Unis. Je souhaite rester auprès

de mes filles et les voir

grandir !

— D'accord, répond Maeva

en regardant sa mère. Alors ?

— Alors, je vous assure

que nous ne vendrons pas

la maison, dit sa mère.

Papa et moi en avons discuté

et nous désirons la garder.

Notre budget sera serré

pour un certain temps, mais

nous ne voulons pas vivre

un déménagement en plus
de tout ce qui nous arrive.

« Ouf », pense Jade.
Elle adore sa chambre
et la cour arrière. Et en plus,
elle ne souhaite pas changer
d'école.

Tout va bien pour l'instant.

Que va ajouter sa mère ?

— Et pour ce qui est

des copains, bien, je n'ai pas

l'intention d'en avoir un.

Du moins, pas pour le moment.

Et si jamais je fréquentais

quelqu'un — pas que ce soit

dans mes plans ! —

je m'assurerai de choisir

une personne qui vous plaira

à toutes les deux.

— Tu vois ? lance Maeva

à Jade en roulant les yeux.

Je te l'avais dit. Maman

ne peut pas nous promettre

qu'elle ne nous remplacera

pas par un copain ou un bébé.

— Non, bien sûr que non,

réplique leur père. Votre mère

et moi ne pouvons pas savoir

ce que l'avenir nous réserve.

Nous ne voulons pas vous

faire de fausses promesses

ou vous raconter des histoires.

Nous souhaitons vous dire

la vérité, et la vérité est qu'il y

a de fortes chances que votre

mère ou moi rencontrions

une autre personne un jour...

— Ah ! s'emporte Maeva.

Vous l'avouez !

— *Mais*, rétorque leur père,

je *peux* vous promettre

que nous vous aimerons

toujours. Personne ne vous

oubliera, Jade et toi.

Nous ne cesserons jamais

de vous aimer et nous

vous trouverons toujours

aussi belles, intelligentes

et merveilleuses.

— Votre père a raison, ajoute

leur mère. Même s'il y avait

cinquante nouveaux bébés

dans notre famille,

vous resterez toujours

nos deux petites filles.

Personne ne pourra prendre

la place de Maeva et de Jade.

Chapitre
onze

Jade remarque qu'elle est

en train de retenir son souffle.

Elle était si concentrée

sur la conversation qu'elle a

oublié de respirer. Sa mère,

son père et Maeva ont

également l'air tendus
et concentrés.

C'est la discussion la plus
terrifiante et intéressante
à laquelle Jade n'a jamais
pris part. Elle a l'impression
que ses parents les traitent
comme des adultes,
elle et Maeva. Le fait que
ses parents la considèrent
comme étant assez mature
pour qu'on lui dise la vérité

l'aide à se sentir forte
et courageuse.

Elle est impatiente
d'entendre la suite.

Maeva réfléchit à ce que
ses parents viennent de lui dire.

— Bien, dit-elle. Mais je tiens
toujours à savoir ce qui va
réellement arriver.

— Nous aussi, ma chérie,
ajoute leur père. Mais nous
ne pouvons vous faire

de promesses à propos

de l'avenir. Maman et moi

n'avons aucune idée

de ce qui nous attend.

Jade prend la parole.

— Cela signifie qu'il pourrait y

avoir d'autres changements ?

Nous vivons des changements

présentement, mais il pourrait

y en avoir d'autres, n'est-ce

pas ?

— C'est exact, affirme sa mère.

Mais c'est la vie. Personne

ne peut prédire l'avenir.

Jade n'a jamais pensé

à cela auparavant. Jusqu'à

maintenant, sa vie a toujours

été ordinaire. Ça doit faire

partie de l'apprentissage

de la vie, suppose-t-elle,

de comprendre que rien ne

reste pareil.

Tout à coup, la sonnette de la porte retentit.

— Ça doit être notre souper ! dit sa mère. J'avais presque oublié.

— Pas moi, réplique son père. Cette discussion m'a donné faim !

Jade bondit de sa chaise en même temps que sa mère et prend l'argent sur le comptoir en passant. Sa mère ouvre la porte à un adolescent

qui leur tend deux sacs

de plastique blancs remplis

de nourriture fumante.

— Bonjour Théo, lance la mère

de Jade.

Ils commandent souvent

leurs repas à ce restaurant,

et c'est habituellement Théo

qui vient les leur livrer.

Il porte une veste en cuir noire

et attache ses longs cheveux

noirs en queue de cheval.

Il effectue ses livraisons

avec sa moto noir et argent.

Jade entend le moteur vrombir

dans l'allée.

Théo est tellement mignon.

Jade a la chair de poule

chaque fois qu'elle le voit.

Elle lui tend les billets

timidement, sans lui dire

un mot.

— Merci, la petite ! lance-t-il
tandis qu'il prend l'argent
et lui remet la nourriture.
À la prochaine !

Jade se sent rougir de
honte, mais cela ne l'empêche
pas de le regarder se diriger
vers sa moto.

— Il est beau, n'est-ce pas ?
commente sa mère
en refermant la porte.

— Maman ! s'écrie Jade.

Dégoûtant ! Ne dis pas ça !

Mais elle réalise que

ses parents avaient raison

— on ne peut savoir ce qui va arriver.

Une minute, Jade prend part à une conversation sérieuse et mature à propos de la séparation de ses parents et est convaincue que c'est la fin du monde. Une minute plus tard, elle a tout oublié et rêve de faire une balade en moto avec Théo.

— Allez, viens ! s'esclaffe
sa mère. Le repas va refroidir
si tu restes plantée là trop
longtemps !

— Maman..., rouspète Jade
en suivant sa mère
dans la cuisine.

Chapitre
douze

Après le repas, ce soir-là,

les choses semblent s'arranger

dans la famille de Jade.

Au cours du week-end, Jade

et Maeva vont visiter le nouvel

appartement de leur père.

Elles choisissent chacune leur chambre et planifient la façon dont elles vont la décorer.

Puisque leur père ne possède pas beaucoup de meubles, ils s'improvisent un pique-nique sur le plancher du salon et se régalent de pizzas qu'ils se sont fait livrer.

— La prochaine fois que vous viendrez ici, vous aurez chacune votre lit, dit-il.

Puis, je vous préparerai

un repas convenable et vous

pourrez rester à coucher

si vous le voulez.

— Mais n'achète pas de table

ni de chaises, suggère Jade.

J'aime bien m'asseoir sur

le plancher. C'est plus relaxant.

— Ouais, ajoute Maeva.

Il pourrait n'y avoir

que des poufs et des coussins.

Du moment que tu ne nous

prépares pas de la soupe,
ça ira.

— Je vais y réfléchir, lance
leur père en souriant. Mais
pour l'instant, je crois qu'il
serait préférable que j'aille
vous reconduire à la maison.
Je ne veux pas que vous vous
couchiez trop tard à la suite
de votre première visite.

Ce soir-là, tandis qu'elle
est étendue dans son lit, Jade

pense à tous les changements
qui surviennent. Elle était
d'abord un peu terrifiée,
mais elle constate qu'il n'y a
pas que de mauvais côtés
aux changements. Par exemple,
elle aura *deux* chambres
à partir de maintenant
— ce sera génial. Puis, elle
et Maeva ont été heureuses
d'avoir leur père pour elles
toutes seules.

Elle commence à mieux

vivre avec l'idée du

changement continuel.

Comme de fait, alors

qu'elle et Maeva rentrent

de l'école le mardi suivant,

un autre changement les attend

à la clinique vétérinaire.

À côté de leur mère

se trouve une grande boîte

de carton de laquelle

s'échappent des grattements
et des aboiements. Quelqu'un
a dû déposer une autre portée
de chiots. Jade et Maeva
courent y jeter un coup d'œil.

— Oh, comme ils sont
mignons ! s'exclame Maeva.
Pourrions-nous en garder un ?

Jade pousse un soupir.
Chaque fois qu'une portée
de chiots ou de chatons arrive
à la clinique, elle demande

toujours si on peut en garder un. Et leur mère leur répond *toujours* non. Maeva n'a jamais abandonné, mais Jade est tellement habituée de l'entendre qu'elle n'y porte plus attention.

Cette fois-ci, par contre, elle entend Maeva s'énerver.

— Qu'est-ce que tu as dit ?

Leur mère affiche un large sourire.

— J'ai dit oui. Maintenant
qu'il n'y a que nous trois
à la maison, nous n'avons
plus à nous soucier
des allergies de votre père.

— Je n'arrive pas à y croire !

souffle Maeva. Tu nous laisses prendre le chiot pour vrai ?

— Mieux que ça, répond leur mère. Comme ce seront de petits chiens, chacune d'entre vous peut en choisir un.

— Deux chiens ! claironne Jade.

— Oui, confirme leur mère. De cette façon, ils pourront se tenir compagnie pendant que vous serez à l'école.

Jade croit qu'il s'agit
d'une excellente idée, puisque
les chiens ont aussi besoin
d'une sœur à leurs côtés lorsque
les choses ne vont pas bien
et qu'ils se sentent seuls.

Avec de nouvelles
chambres à décorer et deux
chiots à s'occuper, il faut
du temps avant que la vie
reprenne son cours normal.

Jade a l'impression de ne
pas voir le temps passer.

Il y a tant de nouvelles choses
auxquelles elle doit penser —
aider papa à choisir un divan
et des rideaux, aller aux cours
de dressage pour chiens,
apprendre à se servir
d'un rouleau à peinture, aider
maman à préparer les repas...

Jade ne peut pas dire que
la vie soit redevenue normale

depuis la séparation de

ses parents. Mais peu à peu,

elle réalise qu'ils se sont

réinventé une routine. Et non

seulement Jade s'y habitue,

mais elle *aime* cela.

Elle remarque que sa mère

ne soupire presque plus

et qu'elle a commencé

à chanter dans la maison à

la place. Et même si son père

lui manque parfois durant

la semaine, elle prend

l'habitude de lui téléphoner

après l'école. Ils se parlent

plus au téléphone qu'ils ne

le faisaient à l'époque

où il vivait à la maison.

Mais le plus important,

c'est qu'il n'y a plus

de conflits à la maison.

Les parents de Jade ont même

développé une nouvelle

manière de se parler.

C'est tout ce dont ils ont

toujours rêvé.

Un soir, alors qu'elles

s'amusent avec leurs chiots,

Jade et Maeva discutent

de la situation.

— Je croyais que ça gâcherait

tout si papa et maman

se séparaient, dit Jade.

Mais ça va, non ?

— Bien sûr que ça va, répond

Maeva en laissant son chiot

lui lécher le visage.

— Pendant un moment,

je craignais que nous ne

formions plus une vraie famille

si nous ne vivions pas tous

ensemble. Mais je crois

que j'avais tort.

— Voyons ! s'écrie Maeva.

Je veux dire, tante Anne

et oncle David ne vivent pas

avec nous, mais ils font quand

même partie de notre famille.

— Hé, je n'avais pas pensé

à ça !

— Et papa nous a promis,

pas vrai ? Peu importe ce qui

va arriver, il sera toujours
notre père.

— Oui, c'est vrai, répond
joyeusement Jade en caressant
son chiot. Nous sommes
encore une véritable famille.
Nous sommes juste un peu
plus éparpillés qu'avant.

PAR

ROWAN McAULEY

Traduction de VALÉRIE MÉNARD

Révision de AUDREY BROSSARD

Illustrations de SONIA DIXON

EH Héritage jeunesse

Chapitre
un

Cela fait une éternité qu'Olivia attend en file devant la cantine pour acheter son lunch. Quand elle parvient finalement à se procurer son pâté aux légumes et à traverser la foule d'enfants,

la cloche est sur le point

de sonner, et elle ne voit

Rosalie nulle part.

Elle prend une bouchée

de son pâté en parcourant

la cour de récréation

des yeux, puis elle reprend

son souffle.

Aïe ! C'est chaud !

Sa bouche sent encore

le chaud lorsqu'elle aperçoit

enfin Rosalie bavarder

avec Isabelle de l'autre côté

des terrains de handball.

Jade, Aurélie et Zoé sont là

aussi. Elles se sont

regroupées et ont la tête

penchée, comme si Isabelle

était en train de leur révéler

un secret.

Que se passe-t-il ? se

demande Olivia en soufflant

sur son pâté pour le refroidir.

Elle commence à marcher
dans leur direction,
en prenant une démarche
décontractée pour faire
comme si cela ne
la dérangeait pas qu'elles
bavardent en son absence.
Elle mange son pâté
en chemin, en tentant
de trouver une façon
de le terminer rapidement
sans se brûler à nouveau.

Tandis qu'elle se rapproche, elle entend Isabelle dire :

— Mais vous ne devez le dire à personne. Ça doit rester entre nous, d'accord ?

Olivia s'immobilise et se concentre sur son pâté. Il ne lui semble soudainement plus aussi appétissant, mais elle continue à le picorer comme s'il s'agissait de la chose la plus intéressante de l'univers.

Avec un peu de chance, Isabelle ne se doutera pas qu'Olivia l'a entendue.

Isabelle est nouvelle à l'école, et Olivia se sent parfois mal à l'aise en sa présence. Notamment parce qu'Isabelle a été très méchante à son arrivée. Bien qu'elle soit maintenant

gentille, Olivia ne veut pas
qu'Isabelle s'imagine qu'elle
les espionnait.

Plus tard, elle pourrait
peut-être demander
à Rosalie ce qu'elles se
chuchotaient. Ou bien,
elle pourrait tout simplement
s'en aller et faire comme
si elle n'avait rien entendu.
Et, si Rosalie lui en parle,
elle n'aura qu'à répondre :

— Sincèrement, ne t'en fais pas. Je ne veux pas savoir.

Ou peut-être bien.

Elle se demande ce qu'elle devrait faire lorsque la cloche sonne.

Isabelle et les autres lèvent

la tête.

— OK, dit Isabelle.

Mais souvenez-vous...

— Oui, oui, répond Rosalie.

C'est top secret.

— Bien.

Isabelle retourne en classe.

Lorsqu'elle passe à côté

d'Olivia, elle lui fait un clin

d'œil.

Olivia est réellement perplexe.

Est-ce qu'Isabelle sait qu'elle l'a entendue ? Que signifie ce clin d'œil ?

Jade, Aurélie et Zoé passent ensuite près d'elle.

— Salut Olivia, s'exclament-elles en marchant.

Elles agissent normalement, mais Olivia remarque quelque chose de différent

dans leur façon de sourire.
C'est un peu déconcertant.

Vient enfin Rosalie. Tout
le monde est à présent rentré
en classe, mais Rosalie
reste derrière et marche très
lentement aux côtés d'Olivia.

— Hé, marmonne-t-elle.
Devine quoi ?

— Ne me le dis pas, répond
Olivia, ayant décidé de prôner

l'indifférence. C'est un secret.

J'ai entendu.

— Oh, chut, lui ordonne

Rosalie. Écoute-moi.

Nous avons attendu que

tu reviennes, mais tu as

tellement tardé qu'Isabelle

craignait ne pas avoir le temps

de nous le dire avant la fin

du dîner. Et c'est ce qui est

presque arrivé. Mais regarde —

Elle remet une enveloppe
rose à Olivia. Elle est scellée
avec un autocollant
en forme de fleur au verso,
et il est écrit *Olivia* au recto.
— Oh, dit Olivia en
commençant à ouvrir
l'enveloppe sur-le-champ.
— Pas maintenant, chuchote
Rosalie en cachant l'enveloppe
avec sa main. C'est un secret.
Isabelle organise une fête

pour son anniversaire

et elle ne peut inviter que

cinq personnes. Sa mère lui

a donc demandé de ne pas

trop l'ébruiter afin que

les autres élèves de la classe

ne se sentent pas rejetés.

— Oh, c'est vrai ?

— Dépêchez-vous, les filles !

les appelle monsieur Bédard

dans l'embrasure de la porte

de la classe. Nous n'avons pas tout l'après-midi !

Olivia glisse l'enveloppe dans le devant de son chandail. Cela crée une chaleur et une douceur sur son cœur tandis qu'elle et Rosalie traversent la cour en courant jusqu'à la classe.

Chapitre

deux

Olivia ne peut arrêter de

penser du reste de la journée

à l'invitation d'Isabelle.

Elle l'a sortie discrètement

de son chandail et l'a insérée

dans son agenda.

Chaque fois que monsieur
Bédard leur demande
de noter un devoir, elle voit
l'enveloppe et trépigne
d'impatience.

   Pendant le trajet
d'autobus du retour,
Olivia fait semblant de
sourire et de s'intéresser
aux conversations des autres
enfants, mais en réalité
elle compte le nombre

d'arrêts qui la séparent

de la maison.

Quand elle arrive à

son arrêt, elle prend à peine

le temps de saluer les autres

enfants. Elle enjambe

l'escalier d'un bond, atterrit

sur le trottoir et se précipite chez elle.

En rentrant, elle se dirige directement dans sa chambre et s'assoit à son bureau. Elle sort l'invitation de son sac, puis elle se redresse et la regarde pendant quelques minutes.

Elle souhaite être dans le bon état d'esprit quand elle l'ouvrira.

Elle prend une grande respiration, sort ses ciseaux et déchire délicatement le rabat supérieur.

Une fois l'enveloppe ouverte, le carton d'invitation dégage une odeur sucrée de fraise. Puis, lorsqu'Olivia le tire de l'enveloppe, une pluie de brillants se met à tomber.

Chère Olivia

C'est ma fête !
Je t'invite à ma soirée
de filles, le samedi 15, à 16 h.
Apporte ton pyjama, un sac
de couchage et un oreiller.
Nous déjeunerons
le lendemain,
puis tes parents pourront
passer te prendre à 10 h.
J'espère que
tu pourras venir !

❤ Isabelle.

R.S.V.P. avant vendredi.

Les petites étoiles roses
et argentées brillent et
scintillent sur la surface
de son bureau tandis
qu'Olivia lit :

Une soirée de filles !
pense Olivia.

Une fête normale est déjà
amusante, mais une soirée
de filles ? C'est encore
plus excitant qu'Olivia ne
se l'était imaginé. Une nuit

complète avec ses amies,

et le déjeuner aussi !

Olivia a déjà dormi

chez Rosalie, bien sûr,

mais elle n'a jamais assisté

à une véritable soirée

de filles.

Elle approche l'invitation

de son visage et respire

l'odeur de fraise. Elle est

impatiente de le dire à

sa mère ! Ou mieux encore...

Elle accourt dans
la chambre de sa mère
et allume l'ordinateur.
— Allez, dépêche,
s'impatiente-t-elle pendant
qu'il vrombit et gronde.

Sa mère a finalement fait installer Internet, et malgré qu'Olivia soit supposée s'en servir majoritairement pour ses devoirs, elle préfère de loin clavarder avec ses amies. C'est bien plus amusant que de parler au téléphone !

Non seulement Olivia peut discuter avec plus d'une amie à la fois, mais elle n'a jamais à se préoccuper de ses parents autoritaires ou de ses frères aînés impolis qui décrochent le combiné pendant qu'elle parle.

De plus, elle se sent parfois gênée ou nerveuse au téléphone, comme si elle ne savait pas trop quoi dire. Elle se sent même un peu étrange avec Rosalie, mais pas autant qu'avec les autres, puisque Rosalie parle suffisamment pour deux.

C'est par contre facile de bavarder sur Internet. Lorsqu'elle tape, elle peut écrire toutes les absurdités qui lui passent par la tête, et elles finissent toujours par être plus drôles que si elle les avait dites.

Elle regarde par la fenêtre pendant que l'ordinateur

démarre. Il fait encore clair.

Cela signifie que Rosalie doit

être à l'extérieur en train

de jouer avec ses frères ou

de faire de la planche

à roulettes. Normalement,

elle ne rentre chez elle

qu'à la noirceur. Mais elle

espère qu'une autre fille

sera en ligne.

L'ordinateur émet un son

enjoué, ce qui signifie qu'il

est prêt à être utilisé.

Puis, Olivia se connecte.

Chapitre *trois*

Isabelle est déjà en ligne, ainsi que Jade, Aurélie et Zoé. Olivia suppose que ce sont les autres filles qui seront à la fête — en effet, elles ont assisté à la réunion secrète qui a eu lieu dans la cour de récréation avec Rosalie — mais Olivia ne tente pas sa chance et elle écrit tout d'abord à Isabelle.

Olivia: Salut Isabelle! Merci pour ton invitation. Je serais ravie d'y aller, mais je dois attendre que ma 👤 rentre à la 🏠 avant 2 pouvoir confirmer ma présence.

Isabelle répond
sur-le-champ :

Miss Isa : Te voilà!
ça fait une éternité que
nous t'attendons! Jade,
Aurélie et Zoé 📠 avec moi.
Nous discutons de ma soirée
de filles!!! 😊

Une petite icône apparaît,
invitant Olivia à se joindre
au groupe de clavardage.
Elle clique dessus.

Olivia: Salut les filles! J'aurais aimé avoir le temps 2 parler avec vous aujourd'hui. J'ai tellement hâte à la fête!!!

ZoZo: Salut Olivia! C'est génial, non? Nous nous obstinons à savoir quel 📀 nous pourrions regarder chez Isa. Je veux quelque chose d'effrayant 👿, mais les autres préfèrent un film romantique 🖤

bisous, bisous - beurk ! :-p

Je sais que Rosalie et toi

serez de mon côté.

Aurélie : Tu peux bien

parler, Zoé. Toi, tu veux

regarder un film avec

du SANG et des VAMPIRES 👻 !

Dégoûtant !

Miss Isa : Hé - salut ?

C'est ma fête, vous vous

souvenez ? N'ai-je pas aussi
un droit 2 vote ?

Olivia rit et commence
à taper sur le clavier aussi
vite qu'elle le peut.
Puis, l'icône de Rosalie
se met à clignoter sur l'écran,
et tout le groupe est
finalement en ligne.
C'est maintenant des potins
pour vrai !

Pendant leur discussion,
Jade leur confirme qu'elle
peut aller à la fête, mais
qu'elle ne pourra pas rester
dormir puisqu'elle doit passer
la fin de semaine avec son père.

Zoé dit qu'elle dormira
chez Isabelle, mais qu'elle
devra les quitter avant
le déjeuner.

Tout le monde s'entend
pour dire que ce sera

une fête inoubliable.

Puis, Olivia entend sa mère

rentrer du travail.

— Salut ma chérie, crie

sa mère de la porte d'entrée,

en faisant cliqueter ses clés

et en se débattant

avec des sacs d'épicerie.

Comment s'est passée

ta journée?

— Super! répond Olivia,

en se dépêchant d'écrire

« Bye, les filles ! » avant

de se déconnecter et d'aller

aider sa mère.

— Tant que ça ? Viens

me raconter pendant

que je prépare le souper.

Olivia se rend dans

la cuisine et lui explique

tout à propos de sa soirée

de filles pendant qu'elles

déballent les sacs d'épicerie.

— Une soirée de filles !

Et quand aura-t-elle lieu ?

— Pas ce samedi-ci, mais

le suivant. Regarde — voici

l'invitation.

— Voyons voir... le 15... oh,

c'est parfait. Sarah,

ma collègue de travail,

m'a proposé d'aller au cinéma

avec elle ce soir-là. Maintenant je suis libre.

— Alors je peux y aller ?

— Veux-tu y aller ? demande sa mère.

Elle ne s'attendait pas à cette question.

— Bien sûr que oui !

— Ce sera très différent de chez Rosalie, tu sais ?

— Ouais, mais Rosalie y sera. Et en plus, Isabelle n'a invité

que cinq personnes de l'école,

alors il est hors de question

que je rate cela.

— Bien, parfait. Je vais lancer

la cuisson du risotto,

puis je vais téléphoner

à la mère d'Isabelle pour lui

confirmer ta présence.

Chapitre quatre

Le lendemain, à l'école,

bien qu'elles ne soient pas

censées parler de la fête,

Olivia a de la difficulté

à garder le silence.

Isabelle a dit à Olivia qu'il était important de ne rien dire à propos de la fête.

— Je me sentirais mal que les autres croient que je ne les aime pas simplement parce que je ne les ai pas invités, lui a-t-elle expliqué.

Olivia lui a donné sa parole. Mais ça ne fera pas de tort d'en toucher un mot à Rosalie, non ?

Pendant la récréation,
tandis qu'Audrey et Lydia
font l'éloge d'un nouveau jeu
vidéo qu'a reçu leur cousin,
Olivia ne peut s'empêcher
de donner un coup de coude
à Rosalie et de lui murmurer :
— As-tu une idée de ce que
voudrait Isabelle pour sa fête ?

Elle ignore que Jade est
juste derrière elles jusqu'à
ce qu'elle se penche et dise :

— Psitt! Vous n'êtes pas censées en parler, vous vous souvenez?

Olivia sursaute et se sent très coupable.

— Oh, je sais, c'est juste que...

— Je sais, répond Jade. Je ne sais pas quoi lui offrir non plus.

Puis soudain, sans trop s'en être rendues compte, les trois filles discutent à propos de la fête — ce qu'elles vont manger, à quoi ressemble la maison d'Isabelle (seules

Zoé et Aurélie y sont déjà

allées), ainsi que sa chambre,

si ses parents leur permettront

de rester éveillées toute

la nuit, ou non...

Elles sont si absorbées

par leur conversation qu'elles

ne remarquent la présence

de Coralie qu'au moment

où celle-ci s'assoit à côté

d'elles et leur dit :

— De quoi parlez-vous, les filles ?

— Oh !

Olivia a des remords.

Ça fait *deux* fois qu'elle se fait surprendre. Mais cette fois-ci, il s'agit exactement

Oups !

Je ne peux pas arrêter de penser à la fête !

de ce que redoutait Isabelle
— qu'une fille qui n'est pas
invitée pose des questions
à propos de la fête.

Que va répondre Olivia ?

Heureusement que Rosalie
est là.

— Salut Coralie, dit-elle d'une
voix mielleuse. Hé, savais-tu
qu'Oscar et Félix avaient
l'intention d'espionner dans
la salle de bains des filles

pendant l'heure du dîner?

Nous comptons nous y rendre

avant eux et les prendre

au piège. Viens-tu avec nous?

— Quoi? s'exclame Coralie.

Ces gars-là sont fichus!

Dites-moi votre plan.

Olivia lance un regard

de biais à Jade qui signifie

«Ouf!» Elle ignore comment

Rosalie s'y est prise, mais

il s'en est fallu de peu.

Elle espère qu'Isabelle ne découvrira pas qu'elles ont failli dévoiler son secret.

Une fois que la cloche a sonné et que Coralie est partie rejoindre Audrey, Lydia et les autres pour leur dévoiler le plan d'embuscade, Rosalie se tourne vers Olivia et Jade et les regarde d'un air alarmé.

— OK, lance-t-elle. Nous devons absolument cesser de parler de la fête à l'école. D'accord?

— D'accord, convient Jade.

— Oh, oui, répond Olivia en hochant la tête. C'est beaucoup trop stressant.

— Ouais, ajoute Rosalie. Et en plus, je dois trouver une façon de convaincre Oscar et Félix que c'est une bonne idée

d'aller espionner dans la salle

de bains des filles. Sinon,

qui allons-nous surprendre?

Bien que ce soit difficile,

elles réussissent à éviter

de parler de la fête.

Mais monsieur Bédard passe

près de bousiller leur secret.

Vendredi, le dernier jour

d'école avant la fête, la mère

d'Isabelle apporte un gâteau

d'anniversaire en classe pour
tout le monde.

Après avoir chanté
« Bonne fête » à Isabelle,
celle-ci souffle ses chandelles
et coupe le premier morceau
de gâteau. C'est alors
que monsieur Bédard dit :
— Isabelle, as-tu organisé
une fête ?

Olivia fige.

Ils ont deviné !

Mais Isabelle est capable

de garder son calme, comme

Rosalie, lorsqu'elle le doit.

— Pas vraiment, répond-elle.

Juste une petite soirée

en famille. Rien d'intéressant.

Puis, elle s'évertue à

trouver une façon de couper

le gâteau en portions égales.

La classe a tellement hâte

de recevoir sa part du gâteau

que plus personne ne lui

pose de questions à propos

de la fête.

Il s'en est encore fallu

de peu !

Olivia est heureuse

que la fête ait lieu demain.

Elle ne pourrait pas garder

le secret plus longtemps.

Chapitre cinq

Bien que la fête ne commence qu'à seize heures, Olivia fait son sac avant le déjeuner.

Elle prépare sa trousse de toilette, place une taie d'oreiller propre sur

son oreiller, prend son sac
de couchage dans le haut
du placard et choisit
deux ensembles de vêtements
— un pour la fête de ce soir
et l'autre pour rentrer
à la maison demain matin.

Son pyjama rose et vert
préféré est à la lessive,
mais à part cela, elle est
prête à partir.

Devrais-je emporter
un livre ? se demande-t-elle.
Et si oui, devrait-elle prendre
un livre *cool* et mature ou
plutôt le livre qu'elle lit
réellement ? Les autres vont
peut-être penser que *L'arbre*
de tous les ailleurs est un peu
trop enfantin...

Après avoir terminé son
sac, Olivia décide d'emballer
le cadeau d'Isabelle.

Olivia se fait du souci à propos de plusieurs choses, mais elle ne s'inquiète pas pour le cadeau. Il est aussi beau et parfait qu'il y a une semaine. Isabelle va l'adorer ! Olivia le soulève vers la lumière et le regarde attentivement une dernière fois avant de l'emballer.

Il s'agit d'une boule neigeuse. Elle paraît

compacte et lourde dans

sa main, mais quand Olivia

l'approche de son visage,

elle parvient à voir

les moindres détails dorés

et blancs sur la licorne

qui se trouve à l'intérieur

— sa longue crinière et

sa queue flottante. La licorne

semble forte et sauvage

cambrée sur ses pattes

arrière.

Olivia incline la boule
sur le côté, et l'eau à
l'intérieur se transforme en
une mini-tempête de neige.
Elle la dépose sur son
coussin de velours rose et

C'est parfait !

regarde les flocons de neige retomber sur la licorne.

Une fois le dernier flocon tombé, elle va chercher du papier d'emballage et du ruban dans une boîte de fournitures dans le couloir. Elle ajoute du ruban jusqu'à ce que le cadeau ressemble à un nuage rose vaporeux. Elle rédige ensuite la carte.

Olivia sourit intérieurement.

Elle a hâte que la fête commence.

Olivia ignore comment elle s'y est prise, mais malgré qu'elle ait passé la journée à se préparer, elle est presque en retard pour la fête d'Isabelle.

À quinze heures trente, son pyjama n'est pas encore sec et sa mère parle à une amie au téléphone comme si de rien n'était. Olivia est sur le point de perdre patience!

Elle va dans sa chambre et vérifie son sac à nouveau (sa mère lui a assuré que le contenu de son sac était suffisant et qu'elle n'allait pas avoir besoin d'un livre).

Elle regarde si le cadeau d'Isabelle est toujours bien emballé et si la carte y est encore accrochée. Elle prend le carton d'invitation sur son babillard et relit l'adresse et le numéro de téléphone d'Isabelle pour la trois centième fois.

Ensuite, il ne lui reste plus qu'à faire les cent pas dans le couloir jusqu'à ce que son pyjama soit sec et que sa mère ait raccroché le téléphone.

Elle en est à son vingtième aller-retour lorsque sa mère crie :

— Le séchage est terminé ! Ton pyjama est propre, sec et peut être placé dans ton sac. Es-tu prête à partir ?

Olivia pousse un gémissement.

— Maman, je suis prête depuis l'heure du dîner. Es-tu prête ?

— Dans une minute. Je regarde l'adresse d'Isabelle dans l'annuaire, et nous partons.

Olivia s'efforce de ne pas soupirer ni de rouler les yeux — elle fait réellement un effort — mais tout ça commence à sérieusement l'irriter.

— OK, dit enfin sa mère. J'ai mes clés. Allons-y !

Chapitre

six

Devant la maison d'Isabelle,

Olivia prend une grande

respiration avant d'ouvrir

la portière de la voiture.

— Ça va, ma chouette ?

Viens, je vais t'accompagner

jusqu'à la porte.

— Non, maman, ne me fais pas honte ! Je vais bien.
Je me prépare, c'est tout.

— OK, répond sa mère, qui ne semble pas convaincue. Et n'oublie pas, je sors avec Sarah ce soir, et je vais rentrer tard. Je ne serai donc pas à la maison si tu as besoin de me téléphoner.

— Je sais, mais ça n'arrivera pas.

— Bien. Mais, je vais avoir

mon téléphone cellulaire

avec moi, juste au cas où.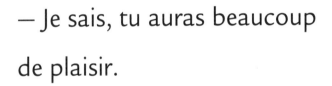

— Ça va aller, maman.

Je vais bien m'amuser.

— Je sais, tu auras beaucoup

de plaisir.

Olivia embrasse sa mère,

sort de la voiture et

va prendre ses affaires dans

le coffre. En plus de son sac,

elle a son oreiller, son sac

de couchage ainsi que
le cadeau d'Isabelle. Elle se
demande comment elle va
transporter tout ça lorsque
sa mère sort de la voiture
et s'approche d'elle.

— Tiens, donne-moi ton sac
de couchage, dit-elle.
Tu ne pourras pas y arriver
toute seule.

Le regard d'Olivia
s'illumine. Derrière elle,

la cour d'Isabelle est longue

et abrupte, et sa maison est

plutôt cossue. Elle voulait

agir en adulte et transporter

ses affaires elle-même, mais

elle est, en fait, très heureuse

que sa mère l'accompagne.

Elles attendent ensemble sur le pas de la porte, puis Olivia prend une autre grande respiration avant de sonner.

Isabelle ouvre la porte sur-le-champ.

— Olivia ! Tu es la première, entre !

— Bonne fête, Isabelle ! Bye, maman.

Olivia regarde à peine derrière elle en entrant.

Elle participe à sa première soirée de filles !

C'est génial d'être la première arrivée. Ainsi, Olivia est la première à placer son cadeau sur la table, la première à voir les décorations ainsi que la première à voir l'endroit où elles vont dormir. Elle est également la première

à rencontrer Bijou, le chien
saucisse d'Isabelle, et Annie,
la mère d'Isabelle. Olivia
se sent mal à l'aise
d'appeler la mère d'Isabelle
par son prénom,
mais Annie insiste.

— Oh non, pas madame
Sinclair. Ça me vieillit ! dit-elle.
Appelle-moi Annie.

Quant au père d'Isabelle, il
est parti en voyage d'affaires.

— C'est à notre avantage,
crois-moi, explique Isabelle.
Il se lève toujours beaucoup
trop tôt, puis il réveille tout
le monde et s'attend à ce
qu'on soit de bonne humeur.

Olivia commence à se
détendre et à être heureuse.
C'est comme une soirée
pyjama ordinaire !
La sonnette retentit au même
moment. C'est la mère de

Zoé qui l'accompagne ainsi qu'Aurélie. Puis, Jade arrive avec son père avant même que les filles aient déposé leurs sacs.

Soudainement, Olivia passe de seule invitée d'Isabelle à figurante alors que tout le monde s'attroupe autour d'Isabelle pour lui souhaiter bonne fête.

C'est logique, bien sûr.

C'est la fête d'Isabelle 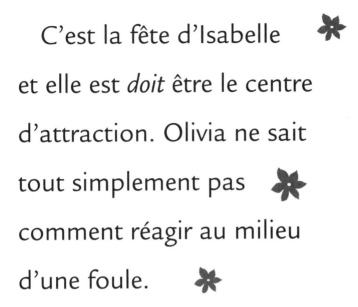 et elle est *doit* être le centre d'attraction. Olivia ne sait tout simplement pas comment réagir au milieu d'une foule.

En fait, elle a un peu honte de l'admettre, même à elle-même, mais Olivia se sent un peu malade lorsqu'elle se trouve en présence d'un groupe bruyant.

Non pas malade dans

le sens propre du terme.

Elle se sent plutôt étourdie et

épuisée, comme si elle était

sur le point de pleurer sans

aucune raison. *C'est bête,*

puisque la plupart des gens

adorent assister à des fêtes, non ?

Particulièrement lorsque tous

les invités sont des amis.

Eux, ils ne pensent pas

uniquement à aller prendre

l'air dans la cuisine !

   Olivia affiche un grand

sourire et commence à rire

comme les autres.

Mais à l'intérieur, elle pense,

Dépêche-toi d'arriver, Rosalie !

Tout ira mieux lorsque
Rosalie sera là.

Chapitre
sept

Isabelle dirige les filles vers

la cuisine, puis vers le salon

à l'arrière de la maison,

où aura lieu la fête.

Des ballons gonflés à

l'hélium flottent au plafond,

avec de longs rubans

qui pendent comme des

serpentins. Les lumières sont

éteintes et la pièce est éclairée

par des guirlandes électriques

et — elles en ont le souffle

coupé — par une boule

miroir qui tourne lentement

et qui répand des faisceaux

lumineux sur les murs.

Et il y a une longue table

contre le mur sur laquelle

sont disposés des croustilles, des trempettes, des petites boulettes de viande sur des cure-dents, des rouleaux de printemps et des craquelins de riz.

— C'est trop cool! s'écrie Jade.

— Attendez! répond Isabelle. La fête n'est pas encore commencée.

Elle se dirige vers la chaîne stéréo et fait jouer de

la musique dansante à plein
volume.

— Là, elle est commencée !
crie-t-elle.

Soudainement, les filles se
mettent à danser, à manger
et à rire en même temps.

Olivia les regarde. Elle
n'est pas à l'aise de danser.
Elle ne suit pas des cours
de ballet, comme Jade
et Zoé. Elle a déjà essayé

de répéter devant son miroir des mouvements de danse qu'elle avait vus sur des vidéoclips, mais elle n'a jamais beaucoup eu le sens de la coordination. Elle pourrait faire semblant d'avoir très faim et de rester près de la table, mais sa bouche est si sèche que ça lui prendrait une éternité pour manger une croustille.

Dépêche-toi, Rosalie,

implore-t-elle.

Elle n'est pas aussi timide
lorsque Rosalie est là
— probablement parce
qu'elle est trop occupée à
rire de Rosalie, et qu'elle en
oublie de se faire du souci.

Quelques minutes plus
tard, la mère d'Isabelle ouvre
la porte de la cuisine et crie :

— Isabelle ! Tu as une autre invitée !

C'est Rosalie !

Le cœur d'Olivia s'emplit de joie. Maintenant que sa meilleure amie est là,

Rosalie est enfin arrivée !

elle peut se détendre pour vrai. Elle sourit à Rosalie, mais celle-ci ne semble pas l'avoir vue. C'est peut-être à cause de l'obscurité de la pièce.

Plutôt que d'aller rejoindre Olivia, Rosalie se met à danser avec les autres.

Olivia la regarde avec incrédulité.

Pourquoi Rosalie ne la cherche-t-elle pas?

Pourquoi Rosalie ne m'a-t-elle pas vue ?

La première chose qu'elle aurait faite, elle, aurait été d'aller retrouver son amie pour la saluer.

En fait, la deuxième chose, après avoir souhaité « bonne fête » à Isabelle.

Mais encore, bien que Rosalie soit polie envers Isabelle, pourquoi ne vient-elle pas rejoindre Olivia pour lui parler et lui proposer de danser?

Elle se verse un verre de limonade qu'elle s'efforce de boire lentement, à très petites gorgées. Elle veut voir combien de temps elle pourra faire durer son breuvage avant que quelque chose ne se produise.

La danse ne semble pas vouloir s'arrêter. Olivia essaie d'y participer en bondissant et en se déhanchant comme les autres, mais elle n'est pas à l'aise. Elle a l'impression que ses mouvements sont saccadés et incohérents, et elle s'attend à ce que quelqu'un la voie et pouffe de rire. Mais personne ne la remarque. Ou si ses amies ont remarqué à quel point elle danse mal, elles ne semblent pas en faire un plat. Olivia les observe attentivement et essaie de les imiter, mais c'est difficile !

— C'est amusant, n'est-ce pas ? dit Jade en riant.

Amusant? pense Olivia.

La danse est peut-être innée

chez Jade, mais Olivia doit

se concentrer très fort pour

ne pas commettre d'erreurs.

Ça se poursuit jusqu'à

ce que Annie descende enfin

et éteigne la musique.

Tout le monde proteste

et supplie Annie de remettre

la musique. En fait, tout

le monde, sauf Olivia.

Elle mérite une petite pause.

— D'accord, calmez-vous,

dit Annie. Vous aurez

amplement le temps de danser

plus tard. Le souper est prêt.

L'ambiance change

automatiquement.

Les filles qui étaient

mécontentes de devoir

s'arrêter de danser réalisent

soudainement qu'elles sont affamées.

— Allons-y! s'écrie Isabelle en prenant la tête du groupe vers la cuisine.

Olivia traîne derrière.

Annie a disposé plusieurs petits bols sur la table de la cuisine. Olivia remarque que chaque bol contient un aliment différent : des champignons tranchés, du fromage râpé,

des tomates en dés,

des lanières de jambon,

des oignons, des ananas,

des poivrons rouge et vert...

et devant chaque chaise,

il y a une assiette recouverte

d'une pâte circulaire.

— OK, dit Annie.

Nous cuisinons des pizzas

pour souper !

Olivia sourit.
Enfin quelque chose

qu'elle est capable de faire.

Elle prépare tout le temps

les pizzas avec sa mère.

Elle s'assoit entre Jade et Zoé

— Rosalie est assise à côté

d'Isabelle — et les aide

à répartir la sauce

uniformément sur la pâte

avant d'y déposer

leur garniture.

Jade et elle décident
de fabriquer des visages
sur leur pizza. Olivia vient
à peine de terminer
la bouche avec un poivron
rouge lorsqu'Annie
les interrompt.

— Qui est prête à cuire la
sienne ? Isabelle ? Qui d'autre ?

— oh mon Dieu, Rosalie !
Qu'est-ce que tu as fait ?

Olivia lève les yeux.

Contrairement à sa pizza,

dont la garniture est bien

étalée et ordonnée,

celle de Rosalie ressemble

à un énorme monticule

de fromage et de jambon.

— Je ne sais pas si ça va entrer

dans le four, l'informe Annie.

Es-tu certaine de pouvoir

manger tout ça?

— Oh oui, répond Rosalie.

J'ai un bon appétit.

— Parfait, dans ce cas,
rétorque Annie, peu convaincue.

Elle prend les pizzas
d'Isabelle et de Rosalie pour
les faire cuire, et rapporte
du pain à l'ail frais et chaud.

— Je peux seulement cuire
deux pizzas à la fois, dit-elle.
Alors pendant que vous
attendez, vous pouvez manger
du pain et de la salade.

Olivia et Jade se lèvent
d'un bond et aident Annie
à débarrasser la table
des ingrédients qui ont servi
à préparer les pizzas, puis
elles déposent des assiettes

propres pour la salade.

Olivia est heureuse

de pouvoir se rendre utile,

mais l'attitude de Rosalie

commence à l'irriter.

Pourquoi est-elle assise

là avec Isabelle, à parler

trop fort et à se donner

de l'importance comme

si c'était *son* anniversaire ?

A-t-elle l'intention d'ignorer

Olivia toute la soirée ?

Chapitre
* huit *

Les pizzas sont délicieuses.
Olivia échange une pointe
de sa pizza avec celle
de Jade, mais trouve encore
que la sienne est meilleure.
Olivia remarque que Rosalie

ne mange que la moitié
de sa pizza avant de se
mettre à gémir. Et même là,
elle agit en « m'as-tu-vue ? ».
— Trop... de... fromage,
hoquette-t-elle en caressant
son ventre. Je... dois...
arrêter... de... manger...

Les autres rient,
mais Olivia regarde ailleurs.
— Êtes-vous prêtes pour
le gâteau ? demande Annie.

Ou devrais-je vous laisser plus de temps pour digérer?

— Oh, on veut le gâteau maintenant! dit Isabelle.

— Oui, le gâteau! ajoute Rosalie, qui semble soudainement avoir oublié son ventre plein.

Annie va chercher des assiettes et un couteau. La sonnette retentit au même moment.

— Oh non, ronchonne Jade.

Ça doit être mon père

qui vient me chercher.

— Mais pas avant d'avoir

mangé le gâteau, non ?

dit Isabelle.

Annie apporte le gâteau

sur la table.

Il s'agit d'un fondant au

chocolat épais et onctueux.

— Je vais manger du gâteau,

c'est sûr ! dit Jade.

La sonnette retentit

à nouveau.

— Isabelle ! dit Annie.

Tu n'as pas encore répondu

à la porte ?

— Oups !

— Ne t'inquiète pas, je vais

y aller, dit Olivia en regardant

les autres à la ronde. Aurélie

et Zoé rient de quelque chose,

tandis qu'Isabelle et Rosalie

ricanent ensemble. Une fois

que Jade sera partie avec son père, Olivia sera encore mise à l'écart.

Les chandelles sont allumées, les invités chantent «Bonne fête» et chacun mange sa part du gâteau — y compris le père de Jade et sa sœur, Maeva, qui l'a accompagné. S'ensuit un court moment de silence.

Mis à part le murmure
des gens qui font « Mmm ! »
après chaque bouchée,
la pièce est silencieuse.

Olivia se souvient qu'elles
avaient parlé de regarder
un DVD. Elle espère que ce
sera leur prochaine activité.
Elles pourraient ensuite
s'asseoir dans la noirceur
et se raconter des histoires
jusqu'à ce qu'elles soient

obligées d'aller se coucher.
Ce serait bien.

Mais soudain, Jade,
Maeva et leur père se lèvent
pour partir. Dès qu'elle a
refermé la porte derrière eux,
Isabelle dit :

— Venez, les filles. Je veux vous
montrer ce que j'ai reçu pour
mon anniversaire.

Elles se dirigent en masse
dans la chambre d'Isabelle.

Là, dans un coin, se trouve un objet qu'Olivia n'avait pas remarqué, une...

— Une machine de karaoké ! crie Aurélie en tapant des mains.

— Et ce n'est pas tout, ajoute Isabelle. Regardez ce que ma tante m'a envoyé.

Elle prend une petite valisette rose.

— Qu'est-ce que c'est ? demande Rosalie.

— Je le sais, dit Zoé. C'est une trousse de maquillage Jolie petite princesse !

— Ouais, répond fièrement Isabelle en ouvrant la valisette pour leur montrer ce qu'elle contient.

Il y a plusieurs petits flacons et tubes, ainsi que des plaquettes de poudre de toutes les couleurs.

— Regardez, dit Isabelle.

Du rouge à lèvres, de l'ombre

à paupières, du fard à joues,

du mascara, de la crème à

brillants et trois vrais parfums.

— Cool, soufflent les autres

filles.

— Alors, voici ce qu'on va

faire, explique Isabelle.

Nous allons d'abord nous

mettre sur notre trente-et-un.

Et puis, nous donnerons
un spectacle !

Oh, oh ! pense Olivia.

Chapitre neuf

Tandis que les autres filles

s'attroupent autour de

la trousse de maquillage

d'Isabelle et s'obstinent

à savoir quel rouge à lèvres

ira le mieux à chaque fille,

Olivia s'appuie maladroitement contre le mur.

Elle a toujours pensé que c'était ridicule de se maquiller. C'est trop *adulte*, mais pas dans le bon sens du terme.

Sa mère porte rarement du maquillage, et lorsqu'elle le fait, elle ne semble pas trouver ça drôle, ni même joli. C'est trop compliqué ! Sa mère passe une éternité dans la salle de bains

à plisser les yeux devant

le miroir et à soupirer

en disant : « *Encore* raté ! »

Olivia a décidé qu'elle

ne se maquillerait jamais,

et elle croyait que ses amies

pensaient comme elle.

Elle ne s'attendait pas à

ce qu'elles s'enthousiasment

pour la trousse de maquillage

d'Isabelle comme

s'il s'agissait de la huitième merveille du monde.

Elle regarde le réveille-matin à côté du lit d'Isabelle — il est à peine dix-neuf heures ! Sa mère est probablement encore au cinéma. Olivia ne l'appellera *pas*. C'est hors de question.

Peu importe ce qui arrive, elle va tenir le coup jusqu'à la fin...

— Hé, Olivia, viens ! dit Isabelle. J'ai terminé avec ce rouge à lèvres. C'est à ton tour.

Olivia rejoint le groupe.

Ça va aller, se dit-elle intérieurement. C'est juste un jeu.

Elle laisse Aurélie lui mettre de l'ombre à paupières, puis elle aide Zoé à étaler des brillants à partir du coin de ses yeux. Du moment qu'elle oublie que c'est du maquillage, c'est plutôt amusant — c'est comme peindre ou faire de l'art. En fait, elle découvre qu'elle est la plus douée pour mettre du rouge à lèvres comme il faut. C'est donc elle qui maquille les lèvres des autres.

Elle s'apprête à terminer le maquillage d'Aurélie

lorsqu'elle entend Isabelle s'impatienter.

— Si tu ne prends pas ça au sérieux, Rosalie, alors ne le fais pas !

Les autres regardent Rosalie et remarquent qu'elle a mis beaucoup de maquillage. Elle ressemble à un clown. Une de ses paupières est bleu foncé jusqu'au dessus des sourcils.

L'autre est vert clair. À l'aide

d'un crayon, elle a dessiné

sa bouche deux fois plus

grosse qu'elle ne l'est

en réalité, et a recouvert

ses joues de cercles de fard

à joue rose vif.

Rosalie
est encore
énervante !

— Quoi ? dit-elle d'une voix innocente, mais l'air étrange.

— Tu t'en moques ! dit Isabelle en tapant du pied. Tu essaies de faire des blagues avec mon maquillage, et ce n'est pas — c'est censé être beau !

Isabelle
est très fâchée !

Et à la surprise de tout le monde, elle se précipite hors de la pièce.

Elles regardent Rosalie. Leurs visages affichent un air de stupéfaction.

— Je ne l'ai pas fait exprès, murmure Rosalie.

J'ai récemment lu quelque part que les chanteurs, lorsqu'ils sont sur scène, doivent mettre plus de

maquillage qu'une personne
normale. Je croyais
que j'aurais l'air *cool*.

En fait, Olivia se sent
mal pour son amie.
Rosalie a tellement l'air
honteuse et gênée.

— Ça va, Rosalie, la rassure
Olivia en allant s'asseoir
à côté d'elle. Tiens, je vais
t'aider à arranger ça. Isabelle
va comprendre.

— Ouais, ajoute Zoé. Je vais aller la voir et lui dire que c'était une erreur.

— Je viens avec toi, dit Aurélie.

— Merci, dit humblement Rosalie.

Puis Rosalie et Olivia se regardent en silence pendant un moment.

— Elle était vraiment fâchée, finit par dire Rosalie. Je ne l'ai pas fait exprès, tu sais.

— Je sais, répond Olivia
en tentant d'enlever un peu
de maquillage sur le visage
de Rosalie.

Rosalie pousse un soupir.
— Je deviens parfois
si enthousiaste, dit-elle
tristement, que j'en oublie
les autres. J'aimerais
être différente. J'aimerais être
posée comme toi.

Olivia la regarde avec étonnement.

— Tu aimerais être *comme moi* ?

— Ouais, regarde-toi, lance Rosalie. Tout le monde t'aime, tu ne fais jamais de peine à personne, tu aides toujours les autres. Tu n'aurais pas mis Isabelle en colère comme je l'ai fait.

— Non, mais c'est parce que je suis ennuyeuse. Je ne fais pas rire les gens comme toi. Et je vais te confier un secret, si tu promets de ne pas le révéler...

Rosalie hoche la tête.

— Je ne suis pas si posée que ça, chuchote Olivia. Si je suis tranquille, c'est parce que je ne sais pas quoi faire et que je suis mal à l'aise. C'est bête, non ?

— C'est moins bête que de toujours être énervante, dit Rosalie.

— Tu n'es pas énervante, réplique Olivia d'un ton ferme. Et malgré tout ce qui est arrivé, elle le pense vraiment.

Chapitre

dix

Isabelle revient avec Zoé et Aurélie au moment où Olivia étale une traînée de brillants sur les joues de Rosalie.

— Hé, je te demande pardon, Isabelle, dit Rosalie.

— Ne t'en fais pas pour ça, répond Isabelle. Je suis désolée d'en avoir fait tout un plat. Mais tu es très jolie maintenant.

— Ouais, se réjouit Rosalie. Olivia a fait du bon travail.

— Bien, venez, dit Aurélie. On joue au karaoké, oui ou non?

Zoé et Aurélie transportent la machine dans le salon pendant qu'Isabelle prend les disques compacts dont elles auront besoin.

Olivia traîne. Elle ne veut pas

les suivre.

— Tu viens ? demande Rosalie

une fois que les autres

sont sorties.

— Bien... répond Olivia.

Écoute, je déteste danser,

mais je ne l'ai pas montré.

Je croyais que je détestais

le maquillage, mais en fait,

j'ai vraiment aimé ça.

Mais chanter? Devant tout le monde? C'est hors de question. Je n'y arriverai pas, Rosalie.

— Mais tu as une belle voix. Je t'ai déjà entendu chanter.

Olivia rougit.

— C'est différent quand on est juste nous deux ou que je suis seule. Mais je t'en prie, Rosalie. Je vais mourir si je chante devant d'autres personnes.

— Alors ne le fais pas,

dit Rosalie.

— Mais si, Isabelle...

   Rosalie l'interrompt.

— Ne t'inquiète pas avec ça.

Je vais trouver une solution.

Après tout, je suis ta meilleure

amie, n'est-ce pas ?

— Ouais, répond Olivia

avec gratitude. C'est certain

Rosalie avait raison

— Isabelle n'est pas fâchée

qu'Olivia ne veuille pas

chanter. À la place, elle a mis

Olivia responsable

de la musique pendant

que les autres chantent.

Et, étonnamment, elle adore

ça ! Les filles chantent et

dansent chacune leur tour,

puis elles saluent la foule

et lui soufflent des baisers après chaque chanson.

Olivia crie et applaudit aussi fort que les autres.

En fait, à sa grande surprise, lorsque Rosalie lui demande de chanter un duo avec elle, Olivia accepte ! Bien sûr, connaissant Rosalie, il s'agit d'une chanson loufoque, mais ça plaît à Olivia.

Les autres filles
applaudissent au moment
où Olivia se dirige à l'avant
avec Rosalie. Pour une fois,
Olivia ne rougit pas et
ne souhaite pas s'enfuir
à toutes jambes.

Elle regarde ses amies
qui tapent des mains
et chantent, puis elle réalise
que c'est sans importance
si elle fait une erreur ou

qu'elle chante vraiment mal.

Ses amies sont trop sympas

pour faire attention à

ces détails ! Après tout,

il s'agit d'une fête et non

d'un spectacle d'école !

Elles chantent et chantent.

Puis Annie vient les voir et

les informe qu'il est trop tard

maintenant pour écouter

de la musique, et qu'elles

devraient plutôt mettre leur

pyjama et regarder le DVD

en prenant une collation.

Leur « collation » consiste

à manger davantage

de gâteau, mais cette fois-ci,

elles l'accompagnent

de fraises et d'un verre
de lait.

— Ahhh, souffle Aurélie,
satisfaite. Il n'y a rien
de meilleur que du gâteau
avec un verre de lait.

Olivia est d'accord. Elle est
épuisée, et ça fait du bien de
pouvoir s'asseoir ensemble
au chaud dans leur pyjama
en attendant qu'Isabelle
fasse démarrer de DVD.

Elles ont déroulé leurs sacs
de couchage et se blottissent
contre leurs oreillers
en picorant leur gâteau
et leurs fraises.

Ça prend un certain temps
avant de déterminer à quel
endroit va coucher chaque
fille. Personne ne veut être
près de la porte. Au bout
du compte, elles décident
de dormir en cercle et

placent leur oreiller au centre afin de pouvoir bavarder avant de s'endormir.

Olivia n'est pas près de s'endormir! En plus d'être rassasiée de gâteau et de glaçage, elle déborde de joie en pensant à quel point elle a été courageuse de chanter. En fait, tout ceci s'apparente à un camp scolaire — mais sans

les professeurs qui leur
ordonnent de se taire.

Comment parviendront-
elles à s'endormir?

— Alors, Isabelle, dit Zoé.
Tu nous fais jouer un film
romantique ou un film
d'horreur?

— Les deux! répond Isabelle.

— Qu'est-ce que tu veux dire?

— Vous verrez.

Après le générique
du début, le nom du film
apparaît à l'écran :
Rendez-vous avec un loup-garou.
— Ha ! Bien joué, Isabelle !
s'esclaffe Rosalie.

Le film est à la fois
épeurant et rigolo,
mais Olivia ne connaîtra
jamais le dénouement
de l'histoire puisqu'elle
s'endort avant la fin.

Chapitre

Onze

Le lendemain matin, Olivia

se réveille avec un goût

désagréable et pâteux

dans la bouche. Puis, elle

remarque que son oreiller est

recouvert d'étranges taches

de différentes couleurs.

Elle se souvient ensuite
à quel endroit elle se trouve
et se redresse subitement
dans son sac de couchage.

Les corps endormis de ses
amies sont éparpillés autour
d'elle, et les assiettes de
gâteau à demi terminé gisent
sur le sol entre chaque fille.

Bien sûr ! Elle est allée
se coucher sans s'être lavé
les dents et le visage.

Le maquillage de Rosalie

a coulé sur ses joues

et son oreiller. Elle réalise

qu'elle doit probablement

avoir la même tête.

L'espace où Zoé a dormi

cette nuit est vacant.

Elle doit s'être levée très tôt

pendant qu'elles dormaient,

et être partie avec sa mère.

Olivia s'étire et se rend

compte à quel point elle a eu

chaud dans son sac de couchage. Elle a vraiment envie d'aller à la toilette.

Si seulement Rosalie se réveillait, elles pourraient aller à la salle de bains ensemble.

Tant pis, pense-t-elle. Ça m'est égal. Je peux y aller toute seule.

Pendant qu'elle y est, elle en profite pour enlever

son maquillage et se sent
un peu mieux. Lorsqu'elle
passe devant la cuisine
et le salon, elle constate
qu'Annie est debout
et qu'elle fait chauffer
une poêle à frire sur
la cuisinière.

— Bonjour Olivia, dit-elle.
As-tu réussi à dormir?

— Un peu. Nous nous sommes
couchées très tard, par contre.

— Oui, je vous ai entendues,
s'esclaffe Annie. Bien,
voudrais-tu aller réveiller
les autres ? Dis-leur que je suis
en train de vous préparer
des crêpes.

L'odeur des crêpes s'est
répandue dans le salon
lorsqu'Olivia s'en retourne.
Les autres se réveillent
et gémissent.

— Oh, je suis fatiguée,

dit Isabelle en bâillant.

Elle se lève partiellement,

puis elle se laisse retomber

sur le dos.

— Moi aussi, ajoute Aurélie

en s'étirant.

— Moi aussi, poursuit Rosalie.

Hé — Zoé est partie !

Et où est Olivia ?

— Je suis ici. Annie dit

que c'est l'heure de vous lever

parce qu'elle prépare

des crêpes.

— Des crêpes ? lance Rosalie,

qui a déjà commencé

à manger le restant de gâteau

à côté d'elle. Super !

— Et les cadeaux, dit Aurélie.

Tu dois ouvrir tes cadeaux

avant que nous partions,

Isabelle.

— Oh oui

Le déjeuner est délicieux.

Annie a déposé sur la table

du sirop d'érable, de

la crème fouettée, des fraises,

des bananes, des citrons

frais, du miel, de la confiture

Waouh !
Des crêpes !

d'abricot et une grande carafe de jus d'orange. Pendant qu'elles s'installent à la table, boivent du jus d'orange et se réveillent tranquillement, Annie apporte les crêpes les unes après les autres.

Rosalie invente ce qu'elle appelle le *Déjeuner de fête Miss Isa*, qui consiste en fait à rouler une crêpe autour d'un gâteau d'anniversaire

écrasé, avec de la crème

et des fraises. Annie trouve

ça dégoûtant, mais les autres

filles l'essaient

et c'est délicieux.

   Puis, Isabelle reçoit ses

cadeaux et les ouvre pendant

que les autres regardent.

— Tu n'es pas obligée d'ouvrir

le mien, se plaint Rosalie.

Ce sont des livres. Ce sont

toujours des livres.

Maman ne me laisse jamais

donner autre chose.

— Oh, mais j'adore cette

collection, dit Isabelle

en déchirant le papier. Et en

plus, je n'ai pas lu ceux-là.

Les autres filles lui ont

offert un disque compact,

un agenda *Jolie petite princesse*

et une boîte de perles pour

fabriquer des colliers.

Il ne reste plus que
le cadeau d'Olivia à ouvrir.
Olivia se mord la lèvre tandis
qu'elle remet son cadeau
à Isabelle. Elle croit encore
que c'est le cadeau idéal,
mais cela la gêne qu'Isabelle
l'ouvre devant tout
le monde. Est-ce qu'Isabelle
l'aimera autant qu'elle ?

Isabelle passe une éternité
à défaire le ruban, sans

succomber à la tentation

de le couper avec des ciseaux.

À chaque seconde qui passe,

les autres filles deviennent

de plus en plus impatientes

de savoir ce qui se trouve

à l'intérieur. Et Olivia est

de plus en plus nerveuse.

Le ruban finit par se défaire.

Au moment où Isabelle

retire la boule neigeuse

de l'emballage, Olivia entend

les autres autour de la table

soupirer *Oh !*

Isabelle ne dit rien
— elle regarde la licorne
cambrée au milieu
d'une tempête de neige.

Lorsqu'Annie vient porter
une autre crêpe sur la table,
elle voit ce qu'Isabelle tient
dans ses mains.
— Oh, Olivia, c'est magnifique,
dit-elle. Comment as-tu fait

pour savoir que la licorne

est l'animal préféré d'Isabelle ?

Olivia rougit et baisse

la tête.

— Alors, tu l'aimes ?

— Je l'adore, dit Isabelle.

Merci !

Ensuite, tout se passe trop

vite. La mère d'Olivia arrive,

ainsi que celle d'Aurélie.

Les filles doivent se précipiter

dans le salon pour ramasser

leurs choses. Le père

de Rosalie arrive pendant

qu'elles enfouissent

leurs sacs de couchage

dans leurs étuis. Le sol est

encore recouvert d'oreillers,

de verres de lait vides

et d'assiettes de gâteau.

   Hier soir, la pièce était

si éblouissante. Aujourd'hui,

ce n'est qu'un salon ordinaire.

Bien, un salon ordinaire en désordre avec beaucoup de décorations !

Après qu'elles se soient changées, Isabelle attrape des poignées de rubans et tire sur les ballons à l'hélium qui flottent au plafond.

— Emportez-en quelques-uns chez vous, les presse-t-elle. Et du gâteau, aussi. C'est trop pour maman et moi.

C'est ainsi qu'elles s'en vont les unes à la suite des autres, transportant du gâteau et des ballons et saluant Isabelle et Annie en levant la main en l'air.

— Comment vas-tu ? demande la mère d'Olivia lorsqu'elles montent dans la voiture. Comment c'était ?

— C'était bien, répond Olivia en s'adossant sur son siège. Très bien.

Ses paupières sont lourdes et elle ne peut s'empêcher de fermer les yeux. Sa mère rit et lui donne une petite tape sur la jambe.

— Tu as l'air épuisée, dit-elle. Je vais conduire, et on parlera plus tard, si tu le veux.

— Non, non, dit Olivia,

en essayant de s'asseoir droit

et d'ouvrir les yeux. Je veux

tout te raconter maintenant.

Nous avons tout fait.

Et maman — tu sais quoi ?

J'ai même fait du karaoké !

— Et je suis certaine que tu as

été fantastique.

— Ouais, je crois que je m'en

suis bien sortie.

— Et quoi d'autre ?

Elle lui raconte tout en détail : les visages sur les pizzas, ses nouveaux talents de maquilleuse, la recette de crêpe de Rosalie...

— Dès que nous rentrons à la maison, je vais appeler Isabelle, dit-elle gaiement. Je dois lui dire à quel point sa fête était une réussite.

Mon plus beau Noël

PAR

ROWAN McAULEY

Traduction de FLORENCE MIGLIONICO

Révision de DANIELLE PATENAUDE

Illustrations de AKI FUKUOKA

Chapitre un

Rosalie adorait Noël. C'était le moment de l'année qu'elle préférait, lorsque tout semblait un petit peu magique.

Elle adorait Noël, la nuit, lorsque la maison était

sombre et que les guirlandes

électriques clignotaient

sur le sapin en illuminant

le salon de plusieurs couleurs.

Elle adorait la maison

en pain d'épice, décorée

de minuscules boules

d'argent et de glaçage blanc,

qui trônait sur la table

du couloir jusqu'à ce que

sa mère abandonne et

les autorise à la croquer.

Elle adorait les plats

délicieux qu'on servait

en cette occasion spéciale

— crevettes, crème glacée

à la mangue, salade de fruits

avec de l'ananas, cannes

en sucre à la menthe, carrés

de chocolat enveloppés

dans du papier doré tel

un trésor de pirate...

Mais par-dessus tout,

elle adorait lorsque sa famille

allait en ville faire des achats
de Noël, la journée avant
la veille de Noël. Son père
appelait cette petite sortie
familiale « veille-veille ».
Et le plus beau dans tout ça :
c'était ce soir !

Rosalie bourdonnait
d'excitation depuis qu'elle
s'était levée. Pendant tout
le déjeuner, elle n'a pas cessé
de rigoler et de chantonner.

«Attention !», a dit

son père lorsqu'elle a renversé

le lait avec son coude.

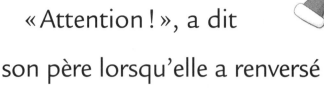

Pendant tout le repas,
elle n'a pas cessé de sautiller
et de danser.

« Aïe ! Fais attention ! »,
s'est écriée sa mère lorsque
Rosalie a atterri sur son pied
après avoir sauté plus loin
que la table.

Rosalie a jacassé comme
une pie et sauté sur place
jusqu'à ce que ses frères
Guillaume, Nicolas et Daniel

la réprimandent et lui disent

de se tenir tranquille.

Elle trouvait cela plutôt

curieux, puisque Guillaume,

Nicolas et Daniel étaient eux

aussi très bruyants.

   Mais il n'y avait rien

à faire. Rosalie n'arrivait pas

à rester assise sans bouger

et à se tenir tranquille.

C'était la soirée la plus

excitante de l'année (bon,

après la veille de Noël).

Elle avait des papillons

dans l'estomac.

   Sauf qu'ils étaient trop

gros pour être des papillons.

Rosalie les voyait plutôt

comme des mouettes.

Oui ! Comme les mouettes

survolant le parc qui

deviennent folles lorsqu'on

leur lance une croustille et

qui se battent à coups d'aile.

Elle est allée dans

sa chambre pour essayer

de lire, mais elle n'arrivait pas

à se concentrer. Pas même

L'étalon noir ne pouvait retenir

son attention. Elle voulait

parler des achats de Noël

de ce soir avec quelqu'un

et lui dire combien cela allait

être amusant, mais sa mère

était occupée à désherber,

son père travaillait dans

son bureau et ses frères lui

avaient déjà demandé

de les laisser tranquilles.

Rosalie a téléphoné

à sa meilleure amie Olivia,

mais elle n'était pas là.

Elle a essayé d'appeler

son amie Iris, mais sa mère

lui a dit qu'elle était sortie

avec son père. Rosalie

ne connaissait aucun autre

numéro par cœur.

Elle a décidé d'aller nager.

Elle a pratiqué son équilibre

sur les mains et ses

pirouettes sous l'eau.

Elle était en train de mesurer

combien de temps elle

pouvait rester assise au fond

de la piscine en retenant

sa respiration lorsqu'elle

a entendu son père crier

par-dessus la clôture

de la piscine.

«Il est temps de sortir, ma chouette!», a-t-il lancé, alors qu'elle faisait sortir l'eau de ses oreilles.

«Il est temps de se préparer. Les garçons sont prêts et veulent y aller.»

Chapitre

deux

Rosalie a couru à l'intérieur
et s'est rapidement habillée
de ses plus beaux vêtements,
pendant que sa mère agitait
les clés de la voiture et que

ses frères scandaient : « Allez,

Rosalie ! Dépêche-toi ! »

Tout le monde était

enfin prêt. Ils se sont tous

engouffrés dans la voiture

et ont roulé jusqu'à

la station de train. Une fois

leurs billets achetés, ils sont

descendus vers le quai

en courant juste au moment

où un train en direction

de la ville arrivait.

Leur aventure avait bien commencé ! Lorsque les portes se sont fermées, Rosalie a poussé un soupir de soulagement.

Les garçons ont trouvé deux sièges non occupés. Rosalie s'est glissée entre Nicolas et la fenêtre.

— Oh ! On dirait qu'il y a moins de place sur ces sièges que l'année dernière,

a constaté son père

en s'asseyant.

— Ne nous regarde pas, a

lancé Guillaume. C'est Rosalie

qui a beaucoup grandi.

— Oui, a répondu Nicolas,

en la pinçant gentiment.

Regardez comme elle est

grande et musclée.

« Arrête ! », a riposté

Rosalie, en essayant

de prendre un ton agacé,

mais elle s'est mise à rire
lorsque Guillaume a
commencé à la chatouiller.
« C'est vous, les garçons,
qui prenez toute la place ! »

C'était bien vrai. Guillaume,
Nicolas et Daniel étaient tous
grands, avec de larges épaules
carrées et de gros bras.
Rosalie ressemblait à un petit
spaghetti écrasé entre eux.

— Ah, vous grandissez si vite,

a soupiré tendrement sa mère,

une larme à l'œil.

Vous changez tous beaucoup.

Rosalie a froncé

les sourcils. Elle n'aimait pas

que sa mère dise des choses

semblables. Elle voulait

que rien ne change et qu'ils

restent toujours ensemble,

comme maintenant.

— Ne pleure pas, maman,

a dit Guillaume. Je vais rester

à la maison jusqu'à 30 ans

et tu pourras encore faire

mon lavage.

— Ouais, a ajouté Daniel.

Et je veux que tu me bordes

en me lisant des histoires

même quand j'aurai 40 ans.

— Et tu peux faire le truc où

tu craches dans un mouchoir

pour essuyer mon visage

jusqu'à ce que j'aie au moins

50 ans, a poursuivi Nicolas.

Maman a fait une grimace

aux frères de Rosalie.

— Bon, bon, très drôle, a-t-elle

lancé. Allez-y, grandissez!

Ne vous inquiétez pas pour moi.

Papa lui a tapoté le genou.

— N'embêtez pas trop votre pauvre vieille mère, les garçons, a-t-il dit. Elle doit encore nous payer le repas.

— Eh, regardez ! s'est écriée Rosalie. C'est notre station. Il est temps de descendre !

Lorsque les portes se sont ouvertes, Rosalie est sortie

sur le quai et a respiré l'air

étouffant et malodorant

de la station.

Ils étaient arrivés en ville !

Chapitre
trois

Rosalie avait les yeux

qui brillaient d'excitation.

Normalement, elle n'aimait

pas trop la ville. Elle trouvait

que tout était trop triste

et gris, avec des immeubles

en béton et des habitants

toujours pressés affichant

un air fâché. Mais à Noël,

même la ville avait quelque

chose de spécial.

Tout était exactement

comme l'année dernière

et Rosalie trouvait même

que c'était encore mieux

qu'avant. Les vitrines

des magasins étaient

décorées avec des lumières

et des sapins de Noël, et

les arbres dans la rue étaient

éclairés de minuscules

lumières argentées. Même

les gens qui passaient avaient

l'air plus joyeux et moins pressés que d'habitude.

Un peu plus loin devant eux, au coin de la rue, une femme vêtue de blanc avec des ailes d'ange distribuait des fleurs et souriait à tout le monde.

Derrière eux, il y avait des grandes personnes en costume-cravate qui portaient des bois de cerf sur la tête !

«Allez, a dit le père
de Rosalie. Faisons vite
les achats. J'ai hâte
de souper!»

Ils se sont alors dirigés
vers les grands magasins,
zigzaguant au milieu de
la foule. Comme il était
difficile de rester ensemble
tous les six, ils s'étaient
séparés en paires. Guillaume
et Daniel marchaient devant

— Rosalie pouvait voir leurs têtes blondes qui dépassaient tout le monde. Puis, il y avait maman et Nicolas, essayant de rattraper Guillaume et Daniel. Derrière eux, Rosalie tenait la main de son père.

Même si son père avait dit qu'il voulait rapidement terminer les achats, il n'avait pas l'air tellement pressé.

Ils se sont promenés
joyeusement dans
les différents magasins
en portant attention
à tout ce qu'ils voyaient.
— Regarde là-bas, Rosalie.
As-tu déjà vu une fille avec
des cheveux bouclés aussi
longs? a demandé son père.
— Regarde ce chien avec
un bonnet de père Noël!
a rigolé Rosalie.

Rosalie s'est rendu compte que la ville était un endroit bien intéressant. Certaines personnes étaient élégamment vêtues, comme si elles se rendaient à une fête. D'autres portaient des vêtements ordinaires, comme si elles avaient l'habitude de venir en ville.

Soudain, du coin de l'œil, Rosalie a remarqué quelque

chose de bien curieux. Dans l'espace étroit entre deux magasins, un homme était assis sur une caisse de lait. Une couverture recouvrait ses genoux. Sur le sol à côté de lui, on pouvait voir une boîte en carton où il était écrit sur un côté «Faites un vœu de Noël». Dans la boîte, il y avait quelques pièces et un billet de 5 $.

L'homme restait assis là,

à regarder les gens passer.

Lorsqu'il a vu que Rosalie

le regardait, il lui a fait

un clin d'œil et un signe

---

amical de la main. Rosalie

a serré la main de son père.

Avant qu'elle n'ait eu

le temps de dire quoi que

ce soit à son père, ils étaient

déjà loin, laissant derrière

eux l'homme sur sa caisse

de lait.

« On est presque arrivés,

a lancé son père. Il ne reste

plus qu'un pâté de maisons

avant le magasin. »

Rosalie a regardé autour d'elle. Les rues étaient toujours étincelantes et joyeuses, mais sans qu'elle sache pourquoi, tout semblait moins magique, moins parfait que ça ne l'était un instant auparavant.

Tout le monde continuait de marcher, en pensant à Noël, aux achats et au moment agréable

qu'ils allaient passer, mais
Rosalie ne pouvait cesser
de songer à cet homme,
tout seul sur le trottoir avec
sa boîte de vœux de Noël.

Chapitre quatre

— Papa, a dit Rosalie,
pendant qu'ils attendaient
au feu rouge. As-tu vu
cet homme là-bas ?
— Non. Quel homme ?
a demandé son père.

— Il y avait un homme là-bas,

assis sur une caisse de lait,

a précisé Rosalie.

— Était-il malade? Avait-il

besoin d'aide? Son père

s'est retourné, comme

s'il voulait aller voir.

— Je ne sais pas, a répondu

Rosalie. Il n'avait pas vraiment

l'air malade. Juste un peu

triste. Il était assis sous

une couverture.

— Oh, a dit son père. C'était probablement un sans-abri.

— Un sans-abri ? a répété Rosalie.

— Oui, il y a certaines personnes qui vivent dans la rue parce qu'elles n'ont nulle part d'autre où aller.

Rosalie a réfléchi un instant.

— Pourquoi ne va-t-il pas vivre avec son père et sa mère ? a-t-elle demandé.

— En fait, ce n'est pas tout
le monde qui a un père
et une mère.

— Et ses frères et sœurs alors?
a ajouté Rosalie.

   Son père n'a rien dit.

— Tu veux dire qu'il pourrait
passer Noël tout seul?
a-t-elle demandé
en se mordant la lèvre.

— Peut-être bien, a répondu
son père.

— C'est horrible !

s'est exclamée Rosalie.

— Je sais, chérie, a dit son père

d'une voix douce. Regarde,

le feu est vert. Allons rejoindre

les autres.

Comme c'est horrible d'être tout seul à Noël !

De l'autre côté de la rue, sa mère et ses frères attendaient devant le grand magasin. Les vitrines colorées étaient étincelantes, comme l'année dernière. Les gens faisaient la queue pour admirer les étalages.

« Viens voir ! a lancé sa mère. Il y a un super atelier du père Noël, avec des lutins qui bougent ! »

Elle a pris Rosalie par la main et ensemble elles se sont rapprochées de la vitre. Sa mère avait raison : les vitrines étaient magnifiques.

Il y avait un train minuscule qui tirait des wagons contenant des cadeaux emballés dans du papier brillant. Il y avait aussi des petits lutins habillés en rouge et vert

qui avaient l'air de fabriquer
et de peindre les jouets
devant eux. Et à l'arrière,
supervisant tout cela,
on apercevait un gros père
Noël joyeux, qui souriait
et riait.

« N'est-ce pas fabuleux ?
a demandé sa mère.
C'est encore mieux que
l'année dernière. »

Rosalie a souri. Il est vrai que tout était très beau. C'était exactement le genre de choses qu'elle adorait en temps normal.

Mais elle ne pouvait cesser de penser à l'homme sans abri. Lorsqu'elle voyait tous ces visages joyeux, elle se disait qu'elle serait bien triste si elle devait passer Noël toute seule.

Chapitre
cinq

Après avoir admiré

les vitrines, ils sont tous

rentrés à l'intérieur du

magasin. Comme d'habitude,

ils se sont séparés : Rosalie

est restée avec sa mère

et ses frères sont allés
avec leur père.

«On se retrouve ici dans
une heure», a crié son père,
alors que Nicolas et Daniel
l'entraînaient au loin.

«Allons regarder
les poupées en premier»,
a suggéré sa mère.

Rosalie a hoché la tête.

En haut, dans le rayon
des jouets, les poupées

de Noël en promotion

étaient placées sur

des présentoirs. Des poupées

chinoises fragiles, aux longs

cheveux et vêtues de robes

en soie, étaient assises

en rang sur les tablettes.

Chacune avait un joli

visage peint.

Une poupée russe

aux cheveux blonds portant

un chapeau en fourrure noire

était assise à côté

d'une poupée rousse vêtue

d'une robe écossaise,

et à côté de cette dernière

se trouvait une poupée fée

avec ses ailes et sa baguette

magique.

— Regarde celle-ci, a lancé

sa mère. Elle te ressemble !

La mère de Rosalie tenait

une poupée à l'air espiègle

aux longs cheveux noirs.

— Oh oui, a murmuré Rosalie.

Elle est très jolie.

— Bon, a dit sa mère.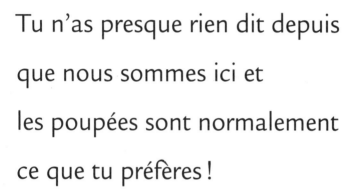

Que se passe-t-il ?

Tu n'as presque rien dit depuis

que nous sommes ici et

les poupées sont normalement

ce que tu préfères !

— En fait, j'ai vu un sans-abri

sur le chemin, a répondu

Rosalie. Papa a dit que

certaines personnes n'ont pas

de famille et qu'elles risquent

même d'être seules le jour

de Noël.

— Oh, chérie, a soupiré

sa mère. Oui, on peut se sentir

très seul dans cette ville.

Allez, viens. Les achats

de Noël peuvent attendre.

Allons parler un peu.

Elles se sont dirigées vers

un banc à côté d'un arbre de

Noël. De là, elles pouvaient

voir tout le rayon des jouets.

Des poupées, des ours

en peluche et des centaines

de jeux et gadgets

remplissaient les tablettes,

et il y avait des gens qui

faisaient la queue à la caisse.

— Alors, a dit sa mère.

Raconte-moi tout.

   Rosalie a haussé les épaules.

— C'est juste que je me sens

triste. J'aurais aimé faire

quelque chose, mais je ne sais

pas quoi.

— Eh bien, peut-être qu'il y a

quelque chose que nous

pouvons faire, a déclaré

sa mère.

— Vraiment? a demandé
Rosalie, son visage
s'illuminant pendant
un instant. Est-ce qu'on peut
aller retrouver l'homme
et l'aider? Il pourrait vivre avec
nous.

— Non, je ne pense pas qu'on
pourrait faire cela,
a dit sa mère.

— Alors qu'est-ce qu'on peut
faire? a insisté Rosalie.

— Tu sais ce que je propose ?
a répondu sa mère. Nous
allons finir nos achats de Noël
et puis nous irons souper
avec les autres. Puis, demain,
toi et moi nous passerons
la matinée à réfléchir
à un plan. D'accord ?

Rosalie a réfléchi. Sa mère
était enseignante et très
intelligente. Si quelqu'un
pouvait trouver une solution

pour aider les autres,

c'était bien elle.

Les décorations de Noël
du magasin semblaient
tout à coup plus brillantes
et les poupées avaient l'air
un peu plus belles que tout
à l'heure.

— D'accord ! a-t-elle dit.

Chapitre six

Une fois que sa mère

a dit qu'elles réfléchiraient

au problème le lendemain

matin, Rosalie a pu profiter

du reste de la soirée.

Elle a trouvé une belle cravate rose et mauve pour son père, un nouveau ballon de football pour Guillaume, des gants de cricket pour Nicolas et un peu de fart pour la planche de surf de Daniel.

Ils se sont tous retrouvés devant l'entrée principale.

Rosalie et son père sont retournés en courant

dans le magasin acheter

un cadeau pour sa mère.

Elle a acheté une petite

bouteille de parfum dans

une boîte décorée de jolies

fleurs blanches.

Puis, ils se sont dépêchés

de rejoindre les autres.

Tout le monde avait faim !

Au restaurant, Rosalie a

commandé son plat préféré :

poulet au miel avec du riz.

Mais même si elle mangeait,

parlait et riait avec les autres,

une part d'elle-même pensait

qu'elle avait bien de la

chance et que tout le monde

n'avait pas une famille aussi gentille que la sienne. Certaines personnes n'avaient pas de famille du tout.

C'était une pensée terrifiante ! Elle s'est penchée pour donner un bisou rapide sur la joue de Nicolas.

— Eh ! C'était pour quoi, ça ? a demandé Nicolas.

— Pour rien, a répondu Rosalie.

— Qu'est-ce qui se passe ?
a lancé Daniel, qui se trouvait
de l'autre côté de Rosalie.

Il avait la bouche pleine
de nouilles.

— Ne parle pas la bouche
pleine, merci, a dit son père,
comme il le faisait à la maison.

— Rosalie vient de me faire
un bisou ! s'est exclamé Nicolas.

— Et alors ? a riposté Rosalie.
Qu'est-ce que ça fait ?

Je t'en ferai un autre si tu veux

et à toi aussi, Daniel.

Alors, prends garde.

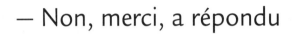

— Non, merci, a répondu

Daniel, retournant à ses nouilles.

— Tu peux m'embrasser quand

tu veux, a dit Guillaume.

— Moi aussi, a dit sa mère.

— Et moi ! a ajouté son père.

— Ouais, c'était pas trop mal

comme bisou, a admis

Nicolas.

— Bon, continue alors,

a dit Daniel. Viens ici !

Il a bondi sur Rosalie

pour lui faire un gros bisou

collant aux nouilles sur

la joue.

— Berk ! s'est écriée Rosalie

en rigolant.

Le retour en train

paraissait plus long que

le trajet pour aller en ville.

Rosalie avait mal aux pieds et elle était prête à aller dormir bien avant qu'ils n'arrivent enfin à leur station.

Puis, il fallait encore prendre la voiture pour rentrer à la maison.

Rosalie regardait la lune par la fenêtre arrière de la voiture et s'était presque endormie lorsqu'ils ont tourné dans l'allée.

— Ne te lève pas, lui a dit

son père, alors qu'il se penchait

pour défaire sa ceinture.

Je vais te porter jusqu'à ton lit.

   Rosalie aimait qu'on la

porte au lit. Elle s'est blottie

contre son père et peu après,

elle était sur son lit et son

père lui enlevait ses chaussures.

— Tu t'es bien amusée ?

lui a chuchoté son père,

alors qu'il la bordait.

— Mmm, a souri Rosalie

alors qu'elle fermait les yeux.

Chapitre sept

Le matin suivant, Rosalie s'est réveillée tôt avec un sentiment d'inconfort. Elle a vite compris ce qui la gênait.

Pouah ! Elle avait dormi tout habillée.

Ses vêtements étaient tout froissés et elle avait les cheveux pleins de nœuds. Elle s'est assise sur le lit, essayant de les démêler avec ses doigts. Son sac à dos était à côté de son bureau, rempli de cadeaux qu'elle avait achetés hier soir.

Elle revoyait ce qu'elle avait choisi pour tout le monde et s'est dit que

Noël allait être formidable.

Puis, elle s'est souvenue

d'autre chose : aujourd'hui,

sa mère et elle allaient

réfléchir à un plan pour aider

les personnes qui passaient

Noël toutes seules.

Elle a sauté du lit, soudain

très excitée. Alors qu'elle

courait dans le couloir,

sa mère est sortie de la salle

de bain. Elle était en peignoir

et ses cheveux étaient

enroulés dans une serviette.

— Bonjour, mon cœur, a lancé

sa mère. As-tu bien dormi ?

— Oui, a répondu Rosalie.

Mais il faut commencer

à travailler sur notre projet !

— Prends ton déjeuner

d'abord, chérie, a dit sa mère.

Et je vais m'habiller. Nous

avons beaucoup de temps.

Rosalie n'a jamais compris pourquoi les gens disaient qu'ils avaient beaucoup de temps. Pour sa part, le seul moment qui comptait était l'instant présent !

Elle pouvait tout de même manger quelque chose pendant que sa mère allait traîner pour s'habiller. Après avoir fini dans la salle de bains, elle s'est rendue

à la cuisine.

— Bonjour, ma puce, lui a dit

son père qui buvait son café.

Tu portes toujours

tes vêtements d'hier soir

à ce que je vois.

   Rosalie a baissé les yeux

vers sa robe toute froissée.

— Maman m'a dit que toutes

les deux vous alliez travailler

sur un projet spécial ce matin,

a poursuivi son père.

— Oui, a confirmé Rosalie.

— C'est très bien, a ajouté

son père en engloutissant

le reste de son café avant

d'aller laver sa tasse. Noël

ne rime pas qu'avec cadeaux

et guirlandes, n'est-ce pas?

   Rosalie n'a pas trop

compris ce qu'il voulait dire

et de toute manière, elle était

trop occupée à chercher

son bol de céréales préféré

pour lui demander

des explications.

— Où sont les autres? a-t-elle

demandé, après avoir trouvé

son bol et l'avoir rempli

de céréales et de lait.

— Les garçons se sont levés tôt

et ont pris le bus pour aller

à la plage, a répondu

son père. Et je vais m'en aller

dans un instant jouer au golf

avec ton oncle Geoff.

Comme ça, toi et maman

serez tranquilles.

   Une journée entière seule

avec sa mère !

Une journée
de filles !

Ça n'était presque jamais arrivé.

En espérant que le téléphone ne sonne pas, qu'on n'ait pas besoin d'aller chercher les garçons et que la voiture ne tombe pas soudainement en panne...

La mère de Rosalie est entrée dans la cuisine. Au lieu des vêtements ennuyeux qu'elle mettait

au travail, elle portait

des habits de vacances

colorés et confortables.

— OK, Rosalie, a-t-elle dit.

Si tu as fini ton déjeuner,

on peut commencer !

Chapitre
huit

Rosalie a mis son bol

dans le lave-vaisselle et a

suivi sa mère dans le bureau.

Ensemble, elles ont dégagé

la grande table avant

de s'asseoir.

— Bien, mettons-nous
au travail.

Sa mère a fait passer
des stylos de couleur
à Rosalie et a étalé une
feuille de papier entre elles.

— C'est pour noter nos idées,
a précisé sa mère. Tout ce qui
peut nous aider à réfléchir
au problème.

Rosalie a hoché la tête.
Elle a enlevé le capuchon

du stylo vert et a écrit

« Noël » sur son côté de

la feuille. Après avoir tracé

une ligne sinueuse en dessous

du mot, elle a regardé

sa mère.

— Je ne peux pas penser

à autre chose, a-t-elle dit.

— Bon, a continué sa mère.

Nous avons fait la partie

la plus difficile. Nous savons

déjà quel est le problème.

Nous croyons que personne
ne devrait être seul à Noël,
pas vrai?

— Oui, a répondu Rosalie.
Elle a écrit «seul» en violet
et a dessiné un visage triste
à côté.

— Mais il est important de se
rappeler que nous ne pouvons
pas tout régler et que nous
ne pouvons pas aider tout
le monde. Tu es d'accord?

Rosalie a hoché la tête.

— Du moment que nous pouvons faire quelque chose, c'est toujours mieux que rien, n'est-ce pas ? a-t-elle demandé.

— Absolument ! Faire quelque chose est mieux que de ne rien faire du tout, a ajouté sa mère. Bon, selon toi qu'est-ce qui fait que les gens se sentent heureux et aimés le jour de Noël ?

— Les cadeaux ! s'est exclamée

Rosalie. Ils rendent très heureux.

— Écris-le, a dit sa mère.

Quoi d'autre ?

— La bonne nourriture,

a répondu Rosalie.

— Excellent, a dit sa mère.

Je le note.

— Lorsqu'on est tous ensemble ?

— Oui, oui ! s'est exclamée

sa mère, en écrivant aussi vite

qu'elle pouvait pendant

que les idées de Rosalie

affluaient.

— Être heureux d'avoir

une famille, a ajouté Rosalie.

— C'est un point très
important, a précisé sa mère.
Je vais le souligner deux fois.

   Elles ont fait une pause
pour relire leurs pensées
sur Noël.

— On fait quoi maintenant?
a demandé Rosalie.

— Il faut trouver comment
transformer nos idées
en actions, a dit sa mère.
Comment pouvons-nous aider

quelqu'un qui est seul,

à avoir quelques-unes de

ces bonnes choses à Noël ?

— Nous ne pouvons pas faire

un cadeau à tout le monde,

a répondu Rosalie. J'ai déjà

dépensé tout mon argent.

— Non, a convenu sa mère.

— Et nous ne pouvons pas

donner à tout le monde

une nouvelle famille, a ajouté

Rosalie.

— Non, a dit sa mère.

Mais souviens-toi, cela n'a pas

besoin d'être tout le monde.

Nous pouvons commencer

petit.

— Et nous ne pouvons pas

demander aux personnes

qui sont seules de devenir

amies avec tous ceux qui sont

dans le même cas.

— Non, a dit sa mère.

Mais nous pouvons inviter

quelqu'un chez nous,

tu ne crois pas?

Quelqu'un pourrait se joindre

à nous pour Noël.

— Vraiment? a demandé

Rosalie. Nous pouvons inviter

quelqu'un à notre repas

de Noël?

— Bien sûr, a répondu sa mère.

— Cool, a dit Rosalie. Mais qui?

Chapitre neuf

« *Qui pouvons-nous inviter*

à notre repas de Noël », s'est

demandé Rosalie. Le repas

de famille serait différent

s'ils invitaient un étranger.

Rosalie était habituée à ce que Noël soit pareil chaque année, avec tout le monde assis à la même place à table.

Qu'est-ce que cela ferait d'avoir quelqu'un de nouveau parmi eux?

— Tu sais qui aimerait bien venir? a dit sa mère. Mme Brand, peut-être?

Mme Brand était
une vieille dame qui vivait
seule dans une vieille villa
délabrée de l'autre côté
de la clôture, à l'arrière
de leur maison.

Lorsque Rosalie était
petite, elle avait un peu peur
de Mme Brand parce qu'elle
avait beaucoup de chats
et qu'elle était toujours
habillée en noir. Son mari

était décédé depuis longtemps, avant même que Rosalie ne soit née.

Rosalie n'avait jamais cessé de se demander si Mme Brand aimait vraiment vivre avec des chats pour seule compagnie.

— Oui, invitons Mme Brand! s'est exclamée Rosalie. Penses-tu qu'elle voudra venir?

— On peut toujours lui demander, a dit sa mère. Allons la voir après le dîner.

❄

Après avoir mangé, Rosalie et sa mère ont fait le tour du pâté de maisons pour aller chez Mme Brand.

La maison avait l'air encore plus délabrée et sinistre vue de près. Il y avait des piles de journaux

attachés en liasses

sur la véranda avant.

La mère de Rosalie

a frappé à la porte d'entrée.

Rosalie a regardé autour

d'elle pour compter les chats

de Mme Brand qu'elle voyait.

Il y avait trois tigrés sur le mur

de devant et un chat blanc et

noir dans l'allée. Un chat gris

observait ce qui se passait

dehors par la fenêtre.

Il semblait n'y avoir
personne à l'intérieur.
Rosalie commençait à croire
que Mme Brand était sortie.
— Je vais encore frapper, a dit
sa mère. Elle aurait pu être

dans son jardin lorsque nous avons frappé la première fois.

Au moment précis où elle levait sa main pour cogner une seconde fois, la porte s'est à peine ouverte, laissant entrevoir un œil.

— Oui ? Bonjour ? a dit une voix rauque.

C'était Mme Brand.

Chapitre dix

— Oh, bonjour, Mme Brand, a dit la mère de Rosalie.

C'est Hélène Adams. J'habite dans la maison de l'autre côté de la clôture arrière. Et j'ai ma fille Rosalie avec moi.

La porte s'est ouverte
un peu plus et Rosalie a pu
apercevoir Mme Brand
en chemise de nuit. Un chat
écaille de tortue s'est frotté
contre ses jambes.

— Bonjour, Hélène, a lancé
Mme Brand en souriant.
Est-ce vraiment Rosalie
qui est avec vous ?
Bonté divine, qu'est-ce que
tu as grandi, mon enfant !

Veuillez m'excuser, mes chères,

mais je viens tout juste

de sortir du lit.

Rosalie était un peu gênée.

Elle était habituée à l'allure

austère et formelle

de Mme Brand vêtue

de robes noires très raides.

Ce n'était pas normal

de la voir ainsi en chemise

de nuit, les cheveux tout

emmêlés.

— Êtes-vous souffrante ?

a demandé sa mère,

sur un ton inquiet.

— Non, non, a rigolé

Mme Brand. J'étais en train

de lire. J'ai emprunté un livre

à la bibliothèque et il est

tellement passionnant

qu'il m'est impossible

de m'arrêter. Je voulais

me lever, mais il fallait

absolument que je connaisse

la suite! Oh, mais où sont

passées mes bonnes manières?

Ne restez pas dehors! Entrez,

entrez, je vais faire du thé.

— C'est très gentil

de votre part, a dit la mère

de Rosalie, en entrant.

   Rosalie n'était jamais

allée dans la maison

de Mme Brand.

Elle se demandait à quoi

elle pouvait bien ressembler.

Rosalie a eu une belle
surprise en entrant
dans la maison. Même si
l'extérieur paraissait un peu
sinistre, l'intérieur était
complètement différent.

Il y avait des vases remplis
de fleurs sur les tables,
des coussins en dentelle
sur les chaises et des étagères
un peu partout. Les étagères
étaient pleines de livres, ainsi

que d'autres objets, tels que
des petits animaux en verre,
des bougies, des dés
à coudre, des tasses de thé
avec les soucoupes assorties,
des coquillages et des galets
amusants.

À l'angle de l'une des
étagères, il y avait une photo
de mariage. La femme
sur la photo portait une très
belle robe blanche et souriait

Ouah !
C'est génial ici !

à l'homme à côté d'elle.

Lui aussi avait l'air

très heureux et rendait

son sourire à la femme.

Rosalie avait très envie

d'aller voir la photo

de plus près, mais sa mère

et Mme Brand étaient déjà dans la cuisine. Elle les y a donc rejointes.

Dans la cuisine, un chat roux trônait sur le bord de l'évier et un autre à poil long ébouriffé était tapi sous la table. Mme Brand a fait bouillir de l'eau.

Des petits pots de violettes étaient alignés derrière l'évier et au-dessus de la fenêtre,

Mme Brand avait suspendu trois assiettes sur lesquelles étaient peints des chevaux.

— C'est tellement agréable d'avoir de la visite, a dit Mme Brand. Je pense que j'ai un peu de gâteau sablé dans une boîte quelque part...

Rosalie a jeté un coup d'œil à sa mère.

Elle n'aimait ni le thé ni le gâteau sablé.

Faudra-t-il qu'elle
en prenne aussi ?

Sa mère lui a fait un clin
d'œil.

— Nous ne pouvons pas rester

très longtemps, Mme Brand,

a-t-elle précisé. Rosalie et moi

avons du ménage à faire

cet après-midi, mais nous

voulions savoir si vous aviez

des plans pour Noël, demain.

— Des plans? a dit
Mme Brand. Non, je n'ai pas
de plans. D'habitude,
je réchauffe une boîte
de pudding que je mange
avec les chats, mais à part ça
je n'ai rien de prévu.

— Eh bien, Rosalie et moi
aimerions vous inviter
à notre repas de Noël.

— Oh, je ne voudrais pas
m'imposer! a répondu Mme

Brand. C'est très gentil à vous, mais je ne pourrais pas laisser mes chats. Et je ne voudrais pas vous déranger.

Rosalie n'arrivait pas à imaginer quelque chose de plus triste que Mme Brand seule avec ses chats le jour de Noël. Elle ne savait pas à quoi goûtait le pudding en conserve, mais ça n'avait pas l'air très agréable.

Je n'ai pas envie que Mme Brand soit toute seule.

— S'il vous plaît, Mme Brand, a supplié Rosalie. Maman et moi pourrions venir vous chercher en voiture et vous raccompagner.

Vous passerez un très bon

moment avec nous.

Et il y aura une bagatelle.

— Une bagatelle, tu dis ?

a dit Mme Brand avec

un sourire. J'aime bien

les bagatelles. Bon, si vous

insistez. Oh, ce serait très

agréable. Oui, j'accepte

volontiers votre invitation.

— Oh, merci ! s'est exclamée
Rosalie. Je suis sûre
que ce sera formidable.

Chapitre

onze

Cet après-midi-là était très

chargé. Rosalie a ramassé

des fleurs et des brindilles

aux formes amusantes dans

le jardin pour confectionner

un gros bouquet. Sa mère

a préparé une fournée
de sablés. Les fleurs
et les sablés seraient
leurs cadeaux de Noël
pour Mme Brand.

Puis, pendant que sa mère
faisait la vaisselle, Rosalie
a fait une carte de Noël
pour Mme Brand.

Elle a dessiné un chat
et un cheval devant un arbre
de Noël.

Ça plaira beaucoup à Mme Brand.

Le soleil allait bientôt se coucher et il commençait à faire plus frais lorsque les frères de Rosalie sont revenus de la plage.

Il était temps d'emballer les cadeaux et de les mettre

sous le sapin. Tous sont allés

dans leurs chambres

afin d'emballer à l'abri

des regards indiscrets.

Rosalie venait tout juste

de faire un nœud

sur le dernier cadeau quand

son père a frappé à la porte.

— Est-ce que ça avance ?

a demandé son père en jetant

un coup d'œil par la porte.

As-tu bientôt fini ?

— Presque, a répondu Rosalie.

— Dépêche-toi, alors, a-t-il dit.
Maman a besoin du papier-
cadeau et puis nous allons
tous porter un toast à l'arbre
de Noël avec du lait de poule
avant d'aller dormir.

— Du lait de poule ! s'est
exclamée Rosalie en se levant
en sursaut.

Laissez de la place pour mes cadeaux !

Guillaume, Nicolas et Daniel étaient déjà dans le salon en train de mettre leurs cadeaux sous le sapin lorsque Rosalie est entrée avec les siens.

Elle a essayé de deviner lesquels étaient pour elle, mais c'était impossible avec les garçons qui bloquaient son chemin.

— Laissez-moi passer, a-t-elle dit. Je dois aller mettre mes cadeaux.

Nicolas s'est poussé pour qu'elle puisse s'agenouiller devant l'arbre et trouver de la place pour ses cadeaux.

Tant qu'elle y était, elle en a profité pour jeter un regard furtif aux cartes sur les cadeaux des garçons pour voir lesquels étaient pour elle.

— Eh, toi ! Arrête ! a crié Nicolas, en plongeant sur Rosalie pour la soulever alors qu'il la tenait dans les airs au-dessus de sa tête.

— Qu'est-ce qui se passe ? a demandé Guillaume.

— Il se passe que Rosalie

est dans les airs, a répondu

Nicolas en rigolant.

— Ouais, on voit ça, a dit

Daniel en regardant Rosalie.

— Elle essayait de regarder

les cadeaux ! a lancé Nicolas.

— Hors-jeu ! a crié Daniel.

C'est pas juste !

— Oh, allez, a dit Rosalie,

toujours en l'air. Je jure que

si tu me poses par terre,

je ne regarderai plus.

— Tu promets ? a dit

Guillaume. Il faut que tu dises

« Croix de bois, croix de fer... »

— Eh, les enfants, s'est écriée

leur mère, en marchant

avec peine vers le sapin,

les bras remplis de cadeaux.

Que se passe-t-il ?

— Rien, a répondu Guillaume.

— Je donnais juste à Rosalie

un câlin spécial de Noël, a dit

Nicolas en posant Rosalie

par terre pour pouvoir la serrer

fort dans ses bras à la place.

— Mm-mmf! a marmonné

Rosalie, étouffée par l'étreinte

de Nicolas.

— Nicolas, je ne crois pas

que ta sœur puisse respirer

là-dessous, a dit sa mère.

En tout cas... Daniel,

va chercher les verres

à la cuisine. C'est l'heure

du lait de poule et puis au lit.

Après avoir bu le lait

de poule et porté un toast

au sapin de Noël, Rosalie

est allée se brosser les dents

et a enfilé son pyjama.

Elle s'est mise au lit et

a éteint la lumière, mais il n'y

a rien de plus difficile que

d'essayer de s'endormir

la veille de Noël.

   Rosalie s'est tournée

et retournée dans son lit.

Elle s'est levée pour boire

de l'eau et est allée près

de quatre fois à la salle

de bains. Finalement,

elle a renoncé à dormir

et a préféré lire au lit.

— Tu ne dors pas? a chuchoté

sa mère, en s'arrêtant devant

la porte de Rosalie sur

le chemin de sa chambre.

— Je n'y arrive pas, a répondu

Rosalie en chuchotant

à son tour, tout en rigolant.

— Je sais, a dit sa mère.

Ce n'est pas facile. Mais essaie

de dormir maintenant.

Chapitre  douze

Le lendemain matin, Rosalie

s'est réveillée en entendant

Guillaume et Nicolas

qui faisaient du catch

dans le couloir.

Daniel les encourageait.

— Attrape son pied !

Non, l'autre pied !

   Rosalie a sauté du lit

et a couru hors

de sa chambre. Daniel était

par terre, lui aussi, luttant

dans un enchevêtrement fou

de corps et de rires.

— Joyeux Noël ! s'est écriée

Rosalie, en se jetant sur

la montagne et en essayant

d'embrasser et de chatouiller

ses frères en même temps.

— Qu'est-ce que c'est que

ce vacarme ? a demandé

leur père, en sortant

dans le corridor.

— Oh, aïe ! a glapi Guillaume.

C'est Rosalie, papa ! Elle est

en train de nous taper dessus.

— Oui, dis-lui d'arrêter ! a dit

Nicolas. Elle nous fait trop mal.

— Et à Noël, en plus !

a ajouté Daniel.

— Bon, bon, Rosalie,

a dit son père en rigolant.

Les garçons en ont assez.

Laisse-les se relever.

Tu seras gentille.

Rosalie et ses frères se sont relevés.

— Ouf! Merci, s'est exclamé Guillaume.

— Où est maman? a demandé Nicolas.

— Dans la cuisine, je parie, a répondu Daniel.

— Oui, a dit leur père. Elle est debout depuis des heures pour préparer le repas de midi.

— Le repas ? a lancé Daniel.

On s'en fiche du repas !

On veut les cadeaux !

— C'est ça, a dit son père

brièvement. Bon, alors, allez

sortir votre mère de la cuisine

et asseyez-vous près du sapin.

   Guillaume et Nicolas

ont couru à la cuisine

et ont entraîné leur mère

jusqu'au sapin.

— Mais j'ai toujours mon tablier! a protesté leur mère. Et j'étais en train d'éplucher des patates... mes mains sont encore mouillées!

Le sapin de Noël était magnifique. Les guirlandes électriques clignotaient, les décorations étincelaient et en dessous se trouvaient tous les cadeaux,

impeccablement emballés
et qui n'attendaient qu'à être
ouverts.

— Bon, bon, s'est écriée
leur mère. Joyeux Noël !
Déballons-les ces cadeaux !

Pendant un moment
c'était le chaos : six personnes
qui s'échangeaient cadeaux
et bisous, un tourbillon de
papier d'emballage et tout
le monde qui criait « merci ! ».

Le papier d'emballage et
les rubans volaient dans tous
les sens. Le père de Rosalie a
aimé sa cravate et Guillaume
et Nicolas ont tout de suite
commencé à jouer avec
le nouveau ballon de football
de Guillaume en risquant
même de faire tomber
la maison en pain d'épice
de la table.

« Rosalie, ce parfum sent

très bon », a dit sa mère,

mais Rosalie a à peine

entendu. Elle était bien trop

surexcitée par le cadeau

de son père et sa mère.

Un casque rose et – elle

arrivait à peine à y croire —

une planche à roulettes !

« *Ce Noël est déjà fabuleux* »,

a pensé Rosalie. Et la journée

ne faisait que commencer.

Chapitre
treize

— Tu devrais aller t'habiller,

Rosalie, a proposé sa mère.

Il est presque l'heure d'aller

chercher Mme Brand.

Rosalie s'est changée

en 30 secondes pile.

Elle a aussi mis son casque.

— C'était rapide, a dit sa mère.
Et je vois que tu apportes
ta planche à roulettes.

— Je pensais rouler jusqu'à
chez Mme Brand, a expliqué
Rosalie. Comme il n'y a qu'un
pâté de maisons, je n'aurai
même pas à traverser la rue.

— Bon, d'accord, a dit
sa mère. Et puis tu pourras
monter dans la voiture
pour rentrer.

Le trajet en voiture pour se rendre chez Mme Brand était court, mais y aller en planche à roulettes était une autre histoire. Rosalie est tombée six fois, mais ça lui était égal. Elle adorait la sensation que cela lui procurait lorsqu'elle roulait sur le trottoir.

Lorsqu'elle est arrivée chez Mme Brand, sa mère était déjà là et attendait devant

la clôture avec Mme Brand.
Comme d'habitude,
cette dernière était habillée
en noir, mais lorsqu'elle s'est
rapprochée, Rosalie a
remarqué qu'elle portait des
boucles d'oreilles pendantes
en forme de sapin de Noël.
— Joyeux Noël, Mme Brand !
a lancé Rosalie. Vous avez vu
ce que papa et maman m'ont
offert ?

— Oui, a dit Mme Brand.
Tu avais l'air très rapide
et audacieuse lorsque tu as
tourné le coin de la rue.

— Es-tu tombée? a demandé
sa mère.

— À peine, a répondu Rosalie.

Elles sont montées dans
la voiture. Mme Brand s'est
assise sur le siège avant à
côté de maman et Rosalie a
pris place sur le siège arrière.

— Bon, Rosalie, a dit
Mme Brand, en se retournant
vers elle. Je ne sais pas
ce que les garçons aiment

de nos jours, donc je crains
ne rien avoir apporté à tes
frères, mais par contre j'ai un
petit quelque chose pour toi.

Elle a tendu à Rosalie un
cadeau plat et carré. Il était
emballé dans du vieux papier
froissé décoré de chatons.

«Oh, Mme Brand,
vous n'auriez pas dû»,
a ajouté la mère de Rosalie,
mais cette dernière avait déjà

remerciée la dame et pris

le cadeau pour le déballer

avec empressement.

C'était un vieux livre,

un peu abîmé sur les coins,

mais avec une magnifique

image d'un cheval noir

sur la couverture.

— *Black Beauty!* s'est écriée

Rosalie, contenant sa joie

avec peine. Mon amie Iris

dit que c'est le meilleur livre

au monde. Encore mieux

que *L'étalon noir* !

— Ah, très bien, a dit

Mme Brand. Je me suis dit

que tu aimerais celui-ci.

On me l'avait offert

quand j'avais ton âge.

Regarde à l'intérieur.

   Rosalie a ouvert le livre

et a remarqué une écriture

ancienne, à demi effacée.

À ma chère Edna en ce jour
de Noël, voici quelque chose que
tu pourras lire chaque jour pendant
les deux ou trois minutes
où tu n'es pas dehors avec Tully
ou en train de faire des bêtises !
Avec tout mon amour,
Tantine Rebecca

— Oh, merci, Mme Brand,

s'est écriée Rosalie,

en essayant d'imaginer

la dame âgée en petite fille

de son âge. J'ai hâte de le lire !

❀

Chapitre
quatorze

Le repas de Noël a été  animé, joyeux, et un vrai régal. Ils ont tous fait éclater des papillotes de Noël et même Mme Brand a mis sa couronne en papier ridicule.

Rosalie était assise à côté d'elle et pendant le repas, Mme Brand lui a raconté plein d'histoires.

Après avoir mangé, les garçons sont allés nager et Rosalie s'est entraînée avec sa planche à roulettes dans l'allée. Elle commençait à devenir bonne !

— Rosalie, a appelé sa mère. C'est l'heure de ramener

Mme Brand chez elle.

Elle doit nourrir ses chats.

Elles ont roulé lentement

jusqu'à la maison

de Mme Brand.

— Merci beaucoup, Hélène,

a dit Mme Brand. J'ai passé

une journée très agréable.

Et merci, Rosalie. Les fleurs

me plaisent beaucoup et

je vais mettre ma carte de Noël

à côté de mon lit, comme ça

je pourrai la voir

dès que je me réveille.

— Je vous en dessinerai une

autre encore plus belle lorsque

vous viendrez à Noël l'année

prochaine, a dit Rosalie.

Elles lui ont fait au revoir

de la main jusqu'à ce qu'elle

soit bien rentrée chez elle.

— Et voilà, a soupiré la mère

de Rosalie sur le chemin du

retour. Un autre Noël de fini.

— Mais Noël n'est pas vraiment fini, a précisé Rosalie. Il reste encore le souper ce soir, puis le *Boxing Day* demain et tous les restes à manger.

— Aaah, arrête, a dit sa mère en grognant. S'il te plaît, ne me parle pas de nourriture jusqu'au mois de janvier au moins.

— Pourquoi?, a demandé
Rosalie. Je meurs de faim.
J'espère que les autres n'ont
pas terminé la bagatelle
pendant que nous étions
parties. Et puis, il y a aussi
la maison en pain d'épice.

— Rosalie! a dit sa mère.
Je suis sérieuse. Tu peux
manger si tu veux, mais ne
m'en parle pas, s'il te plaît.

Rosalie est restée
silencieuse pendant

un instant, en rêvant de pain

d'épice.

— Bon, dis-moi, a ajouté

sa mère. As-tu passé

une bonne journée?

— Oh oui! a répondu Rosalie.

J'adore ma planche à roulettes

et Mme Brand était très drôle.

Est-ce que tu savais que

quand elle avait mon âge,

elle avait un cheval
qui s'appelait Tully et qu'elle
voulait s'enfuir avec lui pour
ne plus avoir à aller à l'école ?
— Non, je ne savais pas,
a dit sa mère.
— Oui, a continué Rosalie.
Et puis, quand elle avait l'âge
de Daniel, elle a été mordue
par un serpent et a dû rester
à l'hôpital pendant
sept semaines. Après ça,

elle s'est dit que ce n'était pas

si mal d'aller à l'école.

— Ah bon? a lancé sa mère.

On dirait que vous avez bien

bavardé toutes les deux.

— Oui, a dit Rosalie.

Je suis bien contente

qu'elle soit venue.

   Elles étaient arrivées.

Le père de Rosalie était

en train de jouer au football

devant la maison avec

Guillaume, Nicolas et Daniel.

Rosalie a sauté hors

de la voiture pour aller

les rejoindre.

— Ouais ! a-t-elle crié quand

Daniel l'a plaquée et que

Nicolas s'est assis sur elle. Aïe !

Il n'y a aucun doute,

c'était son Noël préféré !

Joyeux Noël !

GO GIRL !

**La nouvelle série
qui encourage les filles
à se dépasser !**

La vraie vie,

de vraies filles,

de vraies amies.